rororo

rororo

Zu diesem Buch Die Diskussion ist endgültig beendet, denn der Benzinpreis hat schon seit Jahrhunderten die magische 5-Mark-Grenze überschritten. So haben die Umweltschützer an der Schwelle zum dritten Millennium ihr Ziel erreicht und in Europa den Demokratischen Grünen Bund als Regierungs- und Gesellschaftsform errichtet. Während in der Dritten Welt noch die Schlote Dreck in die löchrige Atmosphäre pusten, herrscht in der Grünen Demokratie grenzenloser Optimismus, hat man doch eine ökologische High-Tech-Industrie errichtet. Um die Machtposition im Konzert der Supermächte zu stärken, sucht Europa einen potenten Partner und findet ihn in dem Staatenverbund United America. Der Schlüssel zur Weltherrschaft liegt in der Kryptographie und damit in der ungestörten Kommunikation zwischen den Machtblöcken. Deshalb wird einem Boten dieses unschätzbar wertvolle Programm im Nervensystem abgespeichert. Auf seine Spur heften sich ein Privatdetektiv und eine dubiose Informatikerin, um in den Besitz des Software-Codes zu kommen, der die Kommunikation revolutionieren wird.

Peter Schmidt, 1944 geboren, gehört zu den Routiniers im deutschsprachigen Krimigenre. Unter dem Pseudonym Peter Cahn veröffentlichte er 1995 den utopischen Thriller «Gen Crash».

Peter Schmidt

2999

DAS DRITTE MILLENNIUM

2999

ROWOHLT TASCHENBUCH VERLAG

rororo thriller
herausgegeben von Bernd Jost

Originalausgabe
Veröffentlicht im Rowohlt Taschenbuch Verlag
GmbH, Reinbek bei Hamburg, Oktober 1999

Redaktion Peter M. Hetzel
Umschlaggestaltung Notburga Stelzer
Foto TONY STONE IMAGES / Coneyl Jay
Satz Minion PostScript (PageOne)
Gesamtherstellung Clausen & Bosse, Leck
Printed in Germany
ISBN 3 499 43350 8

PROLOG

Ammer gönnte sich eine Blutwäsche. Er hatte seit über drei Monaten keine Antikörperauffrischung mehr bekommen, ein sträflicher Leichtsinn bei all den mutierten Keimen, die einen neuerdings wieder heimsuchten.

Blutwäsche ist natürlich keine Wäsche im echten Sinne. Man tauscht das gesamte Blut aus und ersetzt es durch reines Blutäquivalent mit einem Höchstgrad an Antikörpern nach dem genetischen Code, der zur Zeit von der Weltgesundheitsorganisation für die gängigsten Krankheiten ausgegeben wird. Die Prozedur dauert nur knapp dreißig Minuten. Und danach fühlt man sich so, wie man sich gern schon bei seiner Geburt gefühlt hätte.

Er setzte sich in einen der Magnetstühle in der Anmeldung des Instituts und genoß schaukelnd das Panorama der Stadt durch die gläsernen Wände.

Der Himmel war klar, und das Sonnenlicht spielte auf den Solarfassaden. Der Wind hatte so stark aufgefrischt, daß die Windkrafträder auf halbe Kraft schalten mußten. Ein hellgelbes Lufttaxi versuchte auf der Plattform des Bürohauses gegenüber zu landen, doch die Sturmböen trieben es ein paarmal an den Rand des Daches zurück. Schließlich drehte es wieder ab und verschwand lautlos in den Straßenschluchten.

Einen Augenblick später wurde sein Name aufgerufen, und er ging in den Warteraum «2000» hinüber.

Zwischen den nostalgischen Tapeten, die dem letzten Jahrtausend nachempfunden waren, kam man sich wie ein menschlicher Dinosaurier vor.

Die Psychologen des Trusts hatten sich dieses Ambiente einfallen lassen, um ihren Kunden zu demonstrieren, wie immens erfolgreich ihre Behandlung war – aus dem Wartezimmer des zweiten Jahrtausends über den Blutwäscheautomaten in dreißig Minuten ans Ende des dritten Jahrtausends. Zur Zeitenwende im nächsten Jahr, so ihr Werbeslogan, sollte sich jeder einen kompletten Antikörperaustausch leisten können – frei von Krankheiten und gewappnet gegen alle Parasiten aus der Dritten Welt.

Verließ man die Blutwäsche, befand man sich wieder im Jahr 2999 zwischen platinveredelten Wänden mit psychedelischen Strukturen und Informationsschirmen, wo der Iris-Diagnose-Apparat für bargeldlose Zahlung ein saftiges Honorar forderte. Blutwäschen waren für den Normalverbraucher nur noch erschwinglich, wenn man mindestens über zwei Einkommen verfügte: ein legales und ein illegales.

Danach ging er zu einem Genetiker auf der anderen Straßenseite, weil seine dritten Zähne wieder mal nicht so nachwachsen wollten, wie die Werbung behauptete. Der Weißkittel war ein kahlköpfiger alter Kerl mit einem Stuhl wie ein vorsintflutlicher Zahnarztsessel.

Er hatte eine liebenswerte Ausstrahlung, falls man das bei jemandem, der einem für den Rest seines Lebens das Gebiß ruinieren könnte, überhaupt sagen konnte. Im Schaukasten an der Wand lag die neueste Generation von Goldchips zur Genreparatur.

«Mund auf», sagte er. «Mund zu – Mund auf – ah, ja.» Und so ging es noch eine Viertelstunde weiter.

Er ließ sich Ammers Analyse hereingeben, betrachtete sie eine Weile mit zunehmendem Entsetzen und schüttelte bekümmert den Kopf.

«Sie haben einen X-Q-Defekt, Ammer», sagte er. «Ihre

Gene unterliegen einer starken Quantenfluktuation. Sie wissen, was das ist?»

«Kleine, unvorhersagbare Sprünge im mikrophysikalischen Bereich …?»

«Es bedeutet, Sie sind als Person mehr oder weniger unkalkulierbar – physiologisch *und* mental. Es kann jederzeit irgend etwas Unerwartetes mit Ihnen passieren.»

«Das behauptet die Demokratie-Polizei auch immer. Ich bin ein Fossil. Ich müßte eigentlich längst verschwunden sein. Aber wenn sie wieder mal nicht zurechtkommen, dann greifen sie gern auf ein Faktotum wie mich zurück.»

«Sind Detekteien eigentlich nicht längst verboten?» erkundigte er sich.

«Wie man's nimmt. Ich glaube, ich habe eine der letzten Ausnahmegenehmigungen in Brüssel.»

Er nickte und sah wieder auf Ammers Daten. «Lassen Sie recht bald was gegen Ihren Gendefekt unternehmen, Frank. Hab gehört, irgendwo in UA sei man jetzt weiter als wir im Demokratischen Grünen Bund. An der Universität von Chicago …»

«Muß ich sterben, Doktor?»

«Nein, Sie sind stark wie ein Bär. Sie haben eine durchschnittliche Lebenserwartung von hundertachtundzwanzig Jahren wie jeder andere. Das Problem sind lediglich Ihre Beißerchen. Die wollen nicht nachwachsen.»

«Was ist mit den hübschen Goldchips drüben im Schaukasten?» fragte Ammer.

«Schrott von vorgestern, wenn ich ganz ehrlich bin. Ich würd Ihnen das Zeug gern verkaufen, aber die Technik geht momentan mehr in Richtung dosierte Medikamentenabgabe. Elektronische Korrektur hat sich nur als begrenzt wirksam erwiesen.»

Ammer bedankte sich und trank im Vorraum noch einen

echten schwarzen Espresso, den seine Praxis als Werbung offerierte. Während er ihn in kleinen Schlucken genoß, warf er einen prüfenden Blick in die Straßenschluchten, ob die Lufttaxis schon wieder flogen.

Unter ihm, etwa achtzig Stockwerke tiefer, befand sich das uralte Rathaus der brabantischen Hochgotik von 1402. Zwischen den gläsernen Hochhaustürmen sah es wie ein verlorenes Spielzeug aus.

Danach versorgte er sich am Presseterminal mit den neuesten Nachrichten und fuhr, eingekeilt zwischen steif wirkenden Angestellten in blauen Einheitsanzügen und zwei bunten Paradiesvögeln, nach unten, die ihn so glückselig angrinsten, als wären sie gerade auf einem dieser verbotenen *Emo*-Trips …

Das Mädchen sagte etwas zu seinem Begleiter in einer Sprache, die er nicht verstand, und der junge Mann nickte und strich sich lachend durch sein gefärbtes Kunsthaar.

«Machen Sie sich über mich lustig?» fragte Ammer.

«Nein, bitte entschuldigen Sie. Mein Freund ist Diagnoseexperte. Er glaubt, Sie leiden an einem Gendefekt.»

«Einem Gen…?»

Es war das zweite Mal an diesem unseligen Vormittag, der noch in die Geschichte eingehen sollte, wenn auch sicher nicht wegen so etwas Profanen wie seiner DNS.

«Ramon ist auf Augendiagnosen spezialisiert. Er hat gerade ein Studio am Flughafen eröffnet.»

Ramon trug eine bunte Strickjacke. Die Fransen an seiner dunkelbraunen Lederhose waren ebenfalls bunt gefärbt. Sah ganz so aus, als machte er auf Navajo-Medizinmann – oder was er dafür hielt, weil er irgendwelche historischen Schinken gesehen hatte. Das Mädchen reichte Ammer seine Karte, aber er machte keine Anstalten, sie anzunehmen.

«Meine Augen sind in Ordnung.»

«Er sieht das Unheil in Ihrem Blick.»

«Welches Unheil denn? Was soll das nun wieder heißen?»

Sie tuschelte eine Weile mit ihrem Freund, und der gab plötzlich einen grunzenden Lacher von sich, als wäre Ammer gerade auf dem besten Wege, in der christlichen Hölle zu schmoren.

«Unheil ist nicht korrekt übersetzt», berichtigte sie. «Eher so was wie Zusammenbruch, Agonie oder Ruin ...»

Ammer warf zwischen den Leuten im Fahrstuhl einen kurzen Blick in den Platinspiegel. Er hatte sich seit Tagen nicht rasiert. Er sah aus wie ein Strauchdieb. Und sein Anzug hatte auch schon bessere Tage gesehen.

«Na, da ist er wohl nicht sehr weit von der Realität entfernt. Ich meine, wenn man sieht, wie's momentan im Europäischen Bund zugeht ...»

«Ramon redet nicht vom politischen System, sondern von Ihnen persönlich.»

«Und das sieht er alles in meinen Augen?»

«Er glaubt, Sie beißen sich in Ihren Angelegenheiten zu sehr fest. Sie haben nicht die nötige Distanz. Er rät Ihnen, alles entspannter anzugehen. Nehmen Sie das Leben leichter.»

«Die Sache mit den Vögeln?» erkundigte er sich ironisch, um dem Gespräch endlich ein Ende zu bereiten. «Sie säen nicht, sie ernten nicht, und der liebe Gott ernährt sie doch? Verkünden ihm diese außerordentlichen Weisheiten vielleicht seine Glückspillen?»

«Glückspillen?» fragte das Mädchen und warf seinem Begleiter einen betretenen Blick zu.

«Sie sind doch beide bis zur Schädeldecke mit *Emo* vollgestopft. Da fällt's einem leicht, bei anderen zuviel Arbeitseifer zu diagnostizieren.»

Emo war vor rund fünfzig Jahren entdeckt worden, als man die chemische Struktur der Emotionen entschlüsselt hatte. Es versetzte das Nervensystem in die Lage, unangenehme Gefühle ab- und angenehme Gefühle einzuschalten. Es war die Erfindung des Jahrhunderts. Aber sämtliche Arbeit auf diesem Planeten wäre mit einem Schlag zum Erliegen gekommen, wenn man es freigegeben hätte.

Es gab geheime *Emo*-Clubs, genauso wie es im Untergrund Fleischesser-Clubs gab. Die Reichen und die Politiker nutzten *Emo* als Droge ohne körperliche Nebenwirkungen, und die Statistiker kommentierten diesen heimlichen Mißbrauch mit der Feststellung, die Selbstmordrate sei bei denen, die es sich leisten könnten, praktisch auf Null gesunken.

Anscheinend hatte das Mädchen die Frage übersetzt, denn der Medizinmann nahm seine Hände aus den Taschen seiner Strickweste und ballte sie – immer noch lächelnd – vor Ammers Augen zu Fäusten.

Ammer zog die Marke der Demokratie-Polizei aus der Jackentasche und zeigte sie den beiden. Man hatte ihm das Ding bei einem Sondereinsatz im Börsenviertel anvertraut und danach vergessen, es wieder einzuziehen.

Ein paar Augenblicke später befand er sich allein im Fahrstuhl. Seine Mitfahrer waren auf der nächsten Etage ausgestiegen.

Nichts beflügelt die Schritte so sehr wie die Aussicht, auf irgendeine noch so belanglose Weise, etwa als zufälliger Zeuge, ins Visier der Behörden zu geraten. Und die Demokratie-Polizei ist jene Behörde, die alle am meisten fürchten.

Einer dieser lautlosen Wagen mit Fusionsmotor hätte Ammer fast überfahren, als er unachtsam auf die Straße trat, um einem Kommando der Demokratie-Polizei Platz zu machen.

Sie stürmte gerade das Nachbargebäude – vermutlich, weil wieder jemand seinen Müll aus dem Fenster geworfen hatte, um seinen Protest auszudrücken.

Ammer ging hinüber ins Börsencafé, weil man von der Drehplattform in die Halle der Kursmakler sehen konnte, und das war immer ein faszinierendes Spektakel.

Er schlug sich schon seit Jahren schlecht und recht als Privatdetektiv durch. Seine Rechnungen waren seinen Einnahmen immer auf geheimnisvolle Weise voraus; als steuerte irgendeine unsichtbare Instanz das Verhältnis von Ausgaben und Einnahmen. Die Nähe zum großen Geld, und sei es auch nur auf den Kurstafeln, hatte eine beruhigende Wirkung auf ihn.

Ammer beugte sich vor, um besser durch die Scheibe des Cafés in die Halle sehen zu können. Es gab irgendwelche Turbulenzen dort unten bei den Kursmaklern. Aber er konnte nicht erkennen, was es war. Sie schienen noch ein wenig hektischer die Nachrichtensysteme der Banken zu nutzen. Dann flimmerte das Bild eines pickeligen Jünglings mit altmodischer Hornbrille und hageren Wangen über die allgegenwärtigen TV-Monitore. Es zeigte den Hacker vorgebeugt bei der Arbeit in einem winzigen Mansardenzimmer, dessen Tapeten Ammer an Warteraum «2000» erinnerten.

Der Junge nahm seine Brille ab und blinzelte kurzsichtig in die Kamera, vielleicht weil er kein Geld für die Laserkorrektur seiner Augen besaß.

«Mit welchem Code ist Ihnen dieser bemerkenswerte Zugriff gelungen?» fragte die Stimme des Moderators aus dem Off. Doch ehe der pickelige Knabe antworten konnte, schaltete die Regie zu einer Sondermeldung hinüber in die Brüsseler Börse.

Ammer trank gerade seinen zweiten Kaffee, als die Nachricht vom größten Börsencrash des dritten Jahrtausends über die Bildschirme kam.

2999

Aus einer
wissenschaftlichen
Prognose des
Jahres 2318

Die Ressourcen der Erde sind weitgehend aufgebraucht. Sollte nicht in den nächsten Jahrhunderten eine radikale ökologische Wende stattfinden, werden die Folgen für alle Industriestaaten, besonders aber für die Dritte Welt, verheerend sein.

ERSTER TEIL

EINS Man hatte mich beauftragt, einen gewissen Gerald Dupin zu finden. Ich sollte ihn nicht «zur Strecke bringen». Das wäre auch nicht mein Job gewesen – nicht mal für das Doppelte der 100 000 Euro, die man mir anbot.

Dupin war im Auftrag der Regierung der Vereinigten Staaten von Europa unterwegs und hatte am Abend Brüssel verlassen. Er umging die Kontrollen an den Flughäfen mit einer Sondergenehmigung des Demokratischen Grünen Bundes. Man hatte Gerald Dupin seine Informationen direkt ins Nervensystem eingespeichert.

Es kursierten Gerüchte, daß man jetzt auch neuronale Gedächtnisspeicher über die schwachen Felder des Gehirns anzapfen konnte. Falls das keiner der üblichen Tricks zur Einschüchterung war, den sich Polizei und Geheimdienste ausgedacht hatten, dann benötigte man dazu eine Anlage wenigstens von der Größe, die bei regulären Gepäckkontrollen im Flughafen eingesetzt wurde.

Angeblich mußte man sich dazu mindestens drei Minuten im Bereich der elektronischen Abtastung aufhalten. Wenn man Paßkontrolle mit Pupillenidentifizierung, Leibesvisitation und Kontrolle des Gepäcks zusammenrechnete, erschien das nicht als unrealistischer Wert.

Seit dem Jahr 2998 war klar, daß alle bisher bekannten digitalen Nachrichtenverschlüsselungssysteme geknackt werden konnten. Man benötigte dafür die neuesten Hochleistungscomputer und das chinesische Dechiffrierungssystem «Qin». Es war ein Verdienst eines sechzehnjährigen

Hackers aus dem englischen Küstenort Plymouth gewesen, das der Weltöffentlichkeit live demonstriert zu haben.

Seitdem war sein Konterfei so berühmt wie das der Präsidentin des Europäischen Bundes. Er hatte sich mit Qin zunächst in den Zentralrechner der Union eingeschaltet und dann mit seiner Hilfe eine Analyse aller Regierungscodes, die zur Zeit von militärischer und wirtschaftlicher Bedeutung waren, ins Internet 3000 eingespeist.

Ich erinnere mich noch genau an den stürmischen Tag im Juli, als die Weltwirtschaft zusammenbrach. Ich hatte gerade meine Zähne untersuchen und mir eine Blutwäsche geben lassen, als die Nachrichtensender die Horrornachricht auf allen öffentlichen und privaten Bildschirmen brachten. Die internationalen Börsen hatten den Daten-Gau nicht verkraften können.

Damals betrieb ich ein kümmerliches kleines Büro in der Innenstadt von Brüssel, weil die Regierung des Demokratischen Grünen Bundes allen frei arbeitenden Agenten die Lizenz entzogen hatte.

Eigentlich widerspricht das der Verfassung von 2901. Danach können neben Polizei und Sicherheitsdiensten beliebig viele Ermittlungsdienste gegründet werden, soweit sie den gesetzlichen Bestimmungen entsprechen. Der Daten-Gau im Juli 2998 war ein willkommener Anlaß gewesen, dieses verfassungsmäßig verbriefte Recht auszuhebeln.

Seitdem arbeitete ich nicht mehr mit meiner regulären Ausnahmegenehmigung, sondern mit einer «Sondergenehmigung». Meine Versicherungspolice bei der geheimen Demokratie-Polizei – wie sie sich ironischerweise selber nannte, im Volksmund «GS» für «Gesinnungsschnüffler» – war eine mündliche Vereinbarung, in der ich mich bereit erklärt hatte, politisch und wirtschaftlich relevante Daten, soweit sie mir bekannt wurden, an die DP weiterzugeben.

Anders ausgedrückt: Ich durfte genau *so lange* weiterarbeiten, wie sie glaubten, daß sie von mir profitieren würden.

Als ich meinen dritten Synthetik bestellt hatte, sah ich Rita in der Abflughalle des Frankfurter Interkontinentalflughafens. Sie stöckelte wie immer auf ihren etwas zu hohen Absätzen aufreizend durchs Gedränge.

Rita Baré war mein Problem, mein ganz persönliches Problem. Nicht, weil sich meine Auftraggeber hinter ihr versteckten und Rita als «Mittelsmann» benutzten. Wenn man auf Gerald Dupins geheime Regierungsdaten scharf war, gab es eine Menge Interessenten, die lieber im Hintergrund bleiben wollten. Allen voran die großen Machtblöcke, die unserem feinen Demokratischen Grünen Bund an die «ökologisch-demokratische» Karre zu pissen versuchten. Deshalb hatte ich mir vorgenommen, auch gar nicht erst nach der sprichwörtlichen Stecknadel im Heuhaufen zu suchen, sondern meinen Auftrag zu erledigen und mit meinen 100 000 Euro auf Nimmerwiedersehen aus Brüssel zu verschwinden.

Dabei dachte ich nicht nur an meine dritten Zähne und das Honorar, das diese Genklempner sich einstecken wollten. Es gab da nämlich einen hübschen Palmenstrand auf der Kanalinsel Guernsey, wo mein Bruder einen nostalgischen alten Bauernhof betrieb, schneeweißen Sandstrand. Und die große Klimaveränderung der letzten Jahre bescherte dazu das passende Badewetter.

Nein, Rita war das, was man sich als Mann mit ausgeprägten Instinkten unter einer Frau vorstellte, der man gern jeden Wunsch von den Augen abgelesen hätte. Ich kann nicht behaupten, daß ich für solche Gelüste besonders anfällig wäre. Ein paar Psychologen der Zulassungsstelle für das Ermittlungsgewerbe glaubten sogar herausgefunden zu haben, daß ich in Sachen Frauen und Sex eher den mitteleuropäischen Durchschnittstyp verkörperte. Was auch immer das genau sein sollte. Ich fand's einfach faszinierend, daß Rita zwar einen Abschluß in Dechiffriertechnik bei der größten Gehirnschmiede des Kontinents besaß, aber kaum ohne fremde Hilfe eine Treppe hinuntergehen konnte.

Vielleicht war das nur eine Masche bei ihr, mag sein. Wenn das ihr Trick war, dann kam's jedenfalls gut bei mir an.

«Hallo, alter Charmeur», sagte sie und ließ sich seufzend auf einen der Barhocker nieder. Ich sah zu, wie sich ihre Füße von den viel zu hohen Stöckelschuhen trennten und ihre makellosen weißen Füße freigaben. Ihre Zehennägel waren in den Farben der Unionsflagge lackiert: Grün-Weiß-Gelb.

Ich wußte, daß sie's nicht so meinte, wie es klang; aber ich ging zum Schein darauf ein. In alten Texten aus dem Jahr 1900 habe ich diesen Satz entdeckt: *Was sich liebt, das neckt sich...*

«Charmeur, wieso?»

«Na, wie ich dich kenne, wirst du mir doch gleich wieder einen Heiratsantrag machen. Der wievielte wäre das dann eigentlich?»

«Ich find's überhaupt nicht ehrenrührig, mit dir auf Guernsey leben zu wollen.»

«Als wenn irgendeine Frau auf der Welt mit dir nach Guernsey gehen würde ...»

«Danke für das Kompliment.»

Rita stammte aus Luxemburg. Angeblich war sie in Echternach auf einem Rebenhügel zur Welt gekommen, unweit der im Jahr 98 vom heiligen Willibrord gestifteten Benediktinerabtei. Aber das garantierte offenbar noch nicht, daß auch nur ein einziger Tropfen bäuerlichen Blutes in ihren hübschen blaßblauen Adern floß.

«Nun mach mal nicht auf zartbesaitet», sagte sie, als sie meinen enttäuschten Blick bemerkte. «Als man dich für diesen Auftrag ausgewählt hat, hat man sich den miesesten Charakter ausgesucht, der im Großraum Brüssel zu finden war. Sie wissen genau über deine Arbeitsweise Bescheid.»

«Die Psychoheinis wollen herausgefunden haben, daß ich durchschnittlicher als der Durchschnitt bin?»

«Das spricht nicht für den Durchschnitt, oder?»

Ich zuckte mit den Schultern und drehte meine leere Kaffeetasse auf den Kopf. Die Kellnerin gab mir von der Theke aus ein Zeichen, daß sie sich gleich um uns kümmern würde.

«Ein Glas Weißwein?»

«Nein, ich mag das künstliche Zeug nicht.»

«Was ist denn bloß los mit dir?» fragte ich. «Irgendwas schiefgelaufen?»

«So kommen wir nicht weiter. Meine Auftraggeber werden langsam ungeduldig. Dupin ist überfällig. Er kurvt irgendwo zwischen Brüssel und Frankfurt herum. Hat das Flugzeug auf dem Inlandsflughafen verlassen, und keiner weiß, wo er momentan steckt.»

«Ihr habt ihn aus den Augen verloren?»

«Er hat den Lieferanteneingang des Hotels benutzt. Jeden Moment könnte jemand zuschlagen, um sich in den Besitz der Daten zu bringen.»

«Kein Grund zur Panik», sagte ich. «Um seine Daten anzuzapfen, braucht man eine Menge Technik. Du bist doch die Datenexpertin, du müßtest selbst am besten wissen, daß das kein Kinderspiel ist.»

«Es gibt genug Experten auf der Welt.»

«Also gut – gehen wir alles noch mal in Ruhe durch. Wer käme außer uns dafür in Frage, wenn Dupin aus dem Verkehr gezogen wird?»

«Keine Ahnung, vielleicht will er ja auch nur die Zollkontrollen umgehen.»

«Wegen der neuen Abhörtechniken? Ich denke, er hat eine Sondergenehmigung des Demokratischen Grünen Bundes? Er ist schließlich für die Regierung unterwegs.»

«Wir stehen kurz vor den Wahlen. Einigen Leuten gefällt das Matriarchat der Präsidentin Raoul Weber nicht – und das nicht nur, weil sie eine radikale Feministin ist.»

«Du glaubst, dieser schmierige kleine Anwalt Ezard Spell hätte wirklich eine Chance?»

«Die Wirtschaftsbosse wünschen sich, daß die Männer auch politisch ihre führende Rolle im Europäischen Bund zurückgewinnen.»

«Ich fühle mich in dieser Weiberwirtschaft ganz wohl», sagte ich. «Was ist schon so viel anders geworden seit Webers Wahl? Etwa die Abschottungspolitik gegenüber den Machtblöcken und der Dritten Welt? Oder daß Fleisch nur noch unter der Ladentheke gehandelt wird?»

«Sie stecken die Gegner des Systems in *Gullys*!»

«Gullys» wurden im Volksmund die geheimen Internierungslager genannt. Sie lagen tief unter der Erde und beherbergten den «Abschaum der Gesellschaft». Den Gerüchten nach handelte es sich um bis zu dreißigstöckige Betonbauten in etwa fünfzig Meter Tiefe.

«Wenn das mal keine Wahlkampfpropaganda von Raoul Webers politischen Gegnern ist.»

«Die grüne Ideologie hat sich inzwischen zum grünen Terror gewandelt. Natürlich wird das durch ihre Glorifizierungspropaganda kaschiert.»

«Du hörst dich ja wie das gegnerische Wahlkampfbüro an», sagte ich.

Ich war weiß Gott kein begeisterter Anhänger des Systems; insofern traf mich Ritas Ironie überhaupt nicht. Der Demokratische Grüne Bund hielt auch nicht, was er bei seiner Gründung versprochen hatte.

UA – United America – konkurrierte momentan nur noch mit einigen wenigen großen Machtblöcken in der Welt, seitdem sich die USA, Kanada und Mittelamerika im Jahr 2332 zusammengeschlossen hatten. Die Präsidentin des Grünen Bundes hatte die Devise ausgegeben, Europa müsse unter allen Umständen konkurrenzfähig bleiben. Aber soweit ich sehen konnte, beschränkte sich diese Konkurrenzfähigkeit hauptsächlich darauf, das Stadtbild mit Parolen zu verunstalten wie:

VERHALTEN SIE SICH UMWELTGERECHT! ESSEN SIE KEIN FLEISCH! VOTIEREN SIE FÜR DIE ABSCHAFFUNG UNSAUBERER ENERGIEN IN DER DRITTEN WELT!

«Wir haben ihn…», sagte Rita und machte sich an ihrem Kommunikator im linken Ohr zu schaffen. «Nordeingang Flughafen. Wurde vor fünf Minuten auf der Zufahrt zum *Raoul-Weber-Center* gesichtet.»

Ich stellte meine Tasse ab und hielt meinen Daumen zum Bezahlen in den Abdruckabtaster auf der Tischplatte. Währenddessen zog Rita ihre Stöckelschuhe wieder an.

Wir liefen schweigend die Halle entlang, bis wir die unscheinbare Tür hinter den Ticketschaltern erreicht hatten.

Rita warf einen argwöhnischen Blick in die Abflughalle zurück, ehe sie die Tür mit einem altmodischen Sicherheitsschlüssel öffnete. Anscheinend benötigte man für diesen Zugang keinen Code.

Der kleine Raum dahinter war mit nüchternen weißen Kunststoffmöbeln ausgestattet. In der Mitte standen ein Tisch und vier Stühle.

«Unsere Uniformen sind in den Schränken …»

Wir zogen schweigend die schwarzen Regierungsuniformen mit den grün-weiß-gelben Unionsflaggen an. Ritas grün-weiß-gelb lackierte Zehennägel verschwanden in Polizeistiefeln aus weichem Leder.

«Ist dies auch der Raum, wo wir Dupin verhören werden?» fragte ich.

«Deine Unterlagen sind im Safe neben dem Waschbekken.»

«Iriskontrolle?» fragte ich.

«Auf deine hübschen blauen Augen», bestätigte sie.

Ich öffnete den weißen Hängeschrank über der Anrichte und sah in den Sehschlitz des Safes dahinter. Ein blinkendes grünes Signal bestätigte, daß ich autorisiert war, den Türverschluß zu betätigen. Ich nahm die unscheinbare blaue Mappe heraus und legte sie an den Platz, wo ich bei Dupins Verhör sitzen würde.

Rita schaltete das elektronische Projektionssystem der Europäischen Einwohnerdatenbank ein, und Gerald Dupins Bild mit seinen persönlichen Daten erschien auf dem Bildschirm an der gegenüberliegenden Wand.

Für einen Farbigen um die Vierzig, der seine besten Jahre in der klimatisierten Luft des Außenministeriums zugebracht hatte, sah er erstaunlich fit aus: glattes, gesundes Gesicht, sportliche Figur, dichtes schwarzes Haar. Ein Durchschnittsmensch, wie man ihm in Brüssel an jeder Straßenecke begegnete. Was mir weniger gut gefiel, war der einoperierte daumennagelgroße Goldpunkt im Schädelknochen hinter seinem linken Ohr.

Ich hasse diese einoperierten Apparate, die *Zentraleinheit* genannt werden und für alle möglichen Zwecke dienen, zum Beispiel als Datenbank, Telefon, Rundfunksender und Diagnosezentrum. Wenn ich die Dinger sah, befiel mich immer der Argwohn, ihre Träger seien ferngesteuerte Zombies. Aber manche Leute, darunter viele Brüsseler Bürokraten, waren ganz versessen darauf, eines verpaßt zu bekommen. Angeblich erleichterte es das Leben. Man brauchte keine Wörterbücher oder Lexika mehr, man benötigte nur noch selten Informationen aus den Datenbanken.

Die neuen Modelle konnten sogar ein dreidimensionales holographisches Bild im Raum erzeugen, und das war, als stünde man mitten in den Trümmern eines abgestürzten Lufttaxis oder vor dem Totenbett eines Soldaten des Europäischen Bundes, der im Kampf gegen die Terroristen der Dritten Welt gefallen war.

Dupin war eingebürgerter Nigerianer, ehemaliger Sekretär im Unterausschuß des Außenministeriums, Experte für Datenverschlüsselung. *Leicht jähzornig, mißtrauisch, traut dem eigenen System nicht über den Weg* hieß es in der geheimen Zusatzinformation der Demokratie-Polizei, die Rita in diesem Augenblick grinsend mit einem Code auf den Bildschirm zauberte.

«Er schwankt, ob er seine Informationen zu Geld machen oder sie lieber zur Demaskierung des Systems verwenden soll», sagte sie.

«Im Ernst? Wo steht das? Ich sehe nichts davon auf dem Bildschirm ...»

«Ist nur meine ganz persönliche Interpretation.»

«Deine Interpretation, aha. Oder die Interpretation deiner Auftraggeber?»

«Kein Kommentar, Frank.»

«Findest du wirklich, ihr müßt mich so knapp mit Informationen halten?» fragte ich. «Das könnte im Ernstfall riskant werden.»

«Reden wir später darüber», seufzte sie. «Meine Auftraggeber haben momentan noch wenig Grund, dir zu vertrauen, oder?»

In diesem Augenblick meldete sich der Lautsprecher des Zolls über der Tür:

«Gerald Dupin auf dem Weg zum Verhör …»

«Hereinbringen», sagte sie.

«Alle Achtung, wie habt ihr das denn hingekriegt?» fragte ich. «Hat Dupin nicht seine Regierungspapiere, um die üblichen Kontrollen zu umgehen?»

«Frag mich das, wenn ich etwas weniger nervös bin.» Sie breitete eilig ein paar Papiere aus ihrer Umhängetasche auf dem Tisch aus. «Es muß echt aussehen, das ist das wichtigste …»

Der Rest der Vorstellung gehörte nach unserer Abmachung mir. Rita Baré kümmerte sich um den technischen Ablauf, sie war die Datenexpertin. Ich sollte Dupin dazu bringen, daß er sich einer unvorhergesehenen Untersuchung wegen eines angeblichen Datendefekts unterzog.

Das war kein leichtes Stück Arbeit. Freiwillig würde er die in seinem Nervensystem eingespeicherten Daten nicht herausrücken wollen. Und mit Gewalt gab es kaum einen Weg, es in weniger als acht bis vierzehn Tagen zu schaffen – falls überhaupt. Wir konnten Dupins Nervensystem mit dem modernsten verfügbaren Hochleistungscomputer analysieren, aber die Stelle in seiner DNS, die den Codeschlüssel zum neuen Datenübermittlungssystem «EPOS-X» enthielt, war mit genau diesem Schlüssel abgeschirmt.

Für Dupin bedeuteten die Kontrollen an den Flughäfen keine Gefahr, obwohl er vorsichtshalber einen weiten Bogen um sie machte.

ZWEI «Sehen Sie, was das ist, Dupin?» fragte ich. «Ein Befehl der Regierung, Sie zur Überprüfung in ein nahegelegenes Labor zu bringen.»

«Unsinn – ich bekomme meine Order nur von Raoul Weber persönlich.»

«Ihre verehrte Präsidentin hat heute morgen bei einer Pressekonferenz zur angestrebten Allianz zwischen den beiden Machtblöcken Europa und Amerika einen Schlaganfall erlitten. Sie ist zwar auf dem Wege der Besserung, aber ihre Amtsgeschäfte werden immer noch von der Außenministerin Annette Drob wahrgenommen.»

Ich gab Rita ein Zeichen, die fingierte Nachrichtensendung über die Präsidentin auf den Bildschirm zu holen. Dupin sah sich schweigend die gefälschte Reportage an – die Schultern leicht nach vorn gebeugt und ab und zu hüstelnd. Seine rechte Hand steckte in der Jackentasche des dunkelgrauen Nadelstreifensakkos – vielleicht, weil sich darin ein Speicherchip befand, um unser Gespräch mitzuschneiden. Seinem Gesicht war anzusehen, daß er uns nicht traute.

«Möchten Sie mit der Außenministerin Kontakt aufnehmen?» fragte ich und zeigte zum Telefon.

Ich wußte, daß es Annette Drob gewesen war, die ihn seinen lukrativen Job als Staatssekretär im Unterausschuß des Außenministeriums gekostet hatte.

«Annette Drob wurde nicht in meine Mission eingeweiht», sagte Dupin. Er warf uns einen stirnrunzelnden Blick zu und strich nervös mit seinen dicken Fingern über den Goldchip seiner Zentraleinheit. «Aber wieso wissen *Sie* eigentlich davon?»

«Wissen – wovon?» fragte ich.

«Von meiner Mission.»

«Ehrlich gesagt, weiß ich so gut wie gar nichts darüber. Ich habe lediglich den Auftrag, Sie in ein Regierungslabor zu bringen. Meine Kollegin Rita Baré wird sich dort um Sie kümmern. Was ist das für eine Mission?» erkundigte ich mich vorgebeugt.

«Eine *geheime* Mission, verdammt noch mal ...»

«Oh, verzeihen Sie. Darüber war ich nicht informiert. Rita – übernehmen Sie das?» Ich zeigte auf den Überführungsbefehl.

«Die Überführung ins Labor ist Ihr Job», wehrte Rita mit gespielter Entrüstung ab. «Ich werde meine Befugnisse nicht überschreiten. Ich bin nur für den technischen Ablauf zuständig. Sie passen auf, daß unser schwarzer Chorknabe da drüben von keinen weißen Knabenhänden belästigt wird.»

«Also bitte, ich weiß nicht recht...», sagte ich und zog eine uralte Lesebrille mit kreisrunden Gläsern aus der Hemdtasche, als wären meine Augen noch nicht durch Laserkorrektur auf Höchstleistung getrimmt. Ich begann umständlich den kleingedruckten Text auf dem Blatt zu studieren.

«Werden Sie sich denn beide heute noch einig?» fragte Dupin unwillig. «Meine Maschine nach UA geht um dreizehn Uhr.»

«Dieser Flug wurde annulliert.» Ich hob das Blatt und schlug mit dem Handrücken darauf. «Sie fliegen ein oder zwei Maschinen später. Hängt ganz davon ab, welchen Datenschrott Rita Ihnen abzapft.» Ich grinste, als wäre das ein gelungener Scherz.

«Sehr komisch», sagte Dupin. «Wenn überhaupt irgend jemand an meine Daten gelangt, dann sind es die persönlichen Mitarbeiter der Präsidentin. Ich bin nicht befugt, jemandem Zutritt zu meinen Informationen zu verschaffen. Es handelt sich um die höchste Geheimhaltungsstufe.»

«Steht alles hier in Ihrem verdammten Einweisungsbescheid», bestätigte ich. «Wenn Sie nicht mit uns kooperieren, bin ich befugt, Sie mit Gewalt in ein Regierungslabor zu überführen.»

«Das ist nicht Ihr Ernst?»

«Es ist sogar meine verdammte Pflicht.»

Dupins Blick wanderte unsicher durch den Raum und über die billigen Kunststoffmöbel und den abgeschalteten Bildschirm, um irgendein Indiz dafür zu finden, daß wir ihn verarschten – *aber es gab kein Indiz.*

Rita spielte ihre Rolle perfekt. Ihre Auftraggeber konnten zufrieden mit ihr sein. Und falls sie uns jetzt auf irgendeine Weise abhorchten, dann waren sie es auch mit mir.

Ich lehnte mich zufrieden zurück und deutete auf die Handschellen vor mir auf dem Tisch.

«Unterstehen Sie sich…», warnte Dupin.

«Möchten Sie vorher mit der Flughafenpolizei reden?»

«Nein, wozu? Entweder stecken Sie alle unter einer Decke, oder dies ist ein echter Notfall…», sagte er unschlüssig. «Von wem wurde der Überprüfungsbefehl unterzeichnet?»

«Raoul Weber.»

«Sagten Sie nicht, die Präsidentin habe heute morgen auf der Pressekonferenz einen Schlaganfall erlitten?»

«Sie hat's noch im Krankenwagen unterzeichnet», sagte ich. «Sehen Sie, wie ungelenk ihre Unterschrift ist…?»

Er nahm das Blatt und betrachtete es.

«Es ist zweifellos auf ihrem persönlichen Briefpapier geschrieben», stellte er fest. «Und dort oben neben ihrem Briefkopf ist auch die Signatur ihres Sekretärs.»

«Die Datenexperten der Präsidentin hatten ihr kurz vor der Pressekonferenz mitgeteilt, daß sich bei der Übertragung ein Fehler eingeschlichen hat – irgend etwas mit dem Zugangscode für EPOS-X», erklärte Rita.

«EPOS-X?» fragte Dupin überrascht. Er fummelte wieder mit seinen dicken Fingern an seiner Zentraleinheit.

«Ich habe in der Expertenkommission zur Herstellung des neuen Datensicherungssystems mitgearbeitet.»

«Und weiter?»

«Sie sind mit EPOS-X auf dem Weg nach UA. Sie haben den Auftrag, unser streng geheimes Informationsübermittlungssystem mit dem Sicherungscode in die dortige Regierungszentrale zu bringen. Es darf auf keinen Fall in die Hände der Gegenseite gelangen. Obwohl EPOS-X in Ihrem Nervensystem gespeichert ist, kann es doch von Spezialisten analysiert werden. Reicht das?»

«Hm, ja, vielleicht. Jedenfalls sind Sie überraschend gut informiert – ganz anders als Ihr Kollege da.» Er warf mir einen abschätzigen Blick zu. «Können Sie mir erklären, was der Grund für die Übermittlung des neuen Datensicherungssystems in die Regierungszentrale von UA ist?»

«Wenn es Sie glücklich macht», sagte Rita lächelnd. Ich hielt den Atem an, denn was jetzt kam, war auch für mich Neuland.

«Das neue Informationsübermittlungssystem soll einer Allianz zwischen den beiden Machtblöcken Europa und Amerika dienen, die gegen die übrige Welt gerichtet ist. Angeblich gibt es Angriffsabsichten der Dritte-Welt-Staaten. Unsere Nachrichtendienste sprechen von dem bisher größten Bündnis der Geschichte gegen die beiden Supermächte. Demokratischer Grüner Bund und United America wollen sich zusammenschließen, um der drohenden Gefahr begegnen zu können. EPOS-X soll unter anderem dazu dienen, die Abwehrmaßnahmen der beiden Supermächte gegen die Dritte Welt zu koordinieren.»

«Beeindruckend», sagte Dupin. «Das sind in der Tat streng geheime Informationen. Also gut, ich vertraue Ihnen. Mag sein, daß es ein Fehler ist, aber wir haben schließlich die Unterschrift der Präsidentin, oder? Hätten Sie etwas dagegen, wenn wir ihre Handschrift kurz von der Einwohnerdatenbank überprüfen lassen?»

«Kein Problem», sagte Rita. «Aber vergessen Sie bitte nicht, daß Raoul Weber gerade einen Schlaganfall erlitten hat. Das elektronische Abtastsystem analysiert Druckstärke, Geschwindigkeit und andere Faktoren der Schrift. Möglich, daß es durch ihre Erkrankung zu Veränderungen gekommen ist.»

Dupin nickte unmerklich, wohl immer noch unschlüssig, was er von unserem kleinen Theaterstück halten sollte.

Rita legte das Blatt auf den Scanner, gab die Daten der Präsidentin ein und schaltete den Bildschirm auf Ausschnittvergrößerung.

ÜBEREINSTIMMUNG 99,2 PROZENT. UNTERSCHRIFT AUTHENTISCH, meldete das System einen Augenblick später.

«Na, was sagen Sie jetzt?» fragte Rita. «Das liegt noch über den geforderten achtundneunzig Prozent.»

Beeindruckend, dachte ich. Die Technologie, den Regierungscomputer für die eigenen Zwecke einzusetzen, konnte nur aus dem engsten Bereich der Präsidentin stammen – oder aber die UA-Geheimdienste mit ihrer überlegenen Technik hatten wieder einmal ihre Finger im Spiel.

Aber warum hätten die sich zu einem solchen falschen Spiel hinreißen lassen sollen, wenn sie gerade in geheimen Verhandlungen mit dem Demokratischen Grünen Bund standen?

DREI Wir fuhren durch die Tiefgarage und dann über eine der Magnetbahnen, die auch die Lufttaxis benutzten, wenn sie sich dicht über dem Boden bewegten. Rita kontrollierte die Steuereinheit.

Für meinen Geschmack blickte sie zu oft nervös in den Rückspiegel. Wenn Dupin so clever war, wie es seine Mission erforderte, würde er vielleicht Verdacht schöpfen …

Unser Wagen war ein *Zapper-Volt*, der kleinere Strecken – bis etwa sechshundert Meter – gleiten konnte. Weiter reichte seine Energie nicht, da der Antigravitationseffekt technisch immer noch zu aufwendig war.

«Wohin bringen Sie mich?» fragte Dupin.

«Das Regierungslabor liegt im Süden Frankfurts», sagte Rita.

Dupin nickte und griff nach seinem Goldchip. Mit einer bestimmten Druck- und Kontaktfolge, die auf den Abdruck des linken Mittelfingers programmiert war, konnte man Not- und Ortungssignale geben.

Ich saß neben Rita und beobachtete Dupins Hand im Rückspiegel. Aber es sah nicht so aus, als würde er versuchen, Kontakt aufzunehmen.

Gleich darauf fuhren wir durch eine schwach beleuchtete Tunnelröhre in den Main.

Ich habe immer leichte Beklemmungsgefühle, wenn sich diese *Zapper-Volts* in Amphibienfahrzeuge verwandeln. Scheint irgendeine Macke aus grauer Vorzeit in meinen Genen zu sein.

Luftblasen stiegen neben uns an den Seitenfenstern auf. Die Klimaanlage arbeitete, und das Radar gab ein gespenstisch klares Bild von der umliegenden Uferformation wieder. Unser Wagen glitt sicher und leise surrend durch das klare Wasser des Flusses zur Tunneleinfahrt auf der anderen Seite hinüber.

«Zur Hölle mit diesen Unterwasserfahrten», sagte Dupin; er starrte angespannt auf den Bildschirm des Orientierungssystems. Anscheinend fühlte er sich genauso unwohl unter Wasser wie ich.

Ich ahnte, warum Rita die Route durch den Fluß den Verkehrsstaus auf den großen Brücken vorgezogen hatte: Wir sollten weniger leicht geortet werden können.

Als wir am südlichen Stadtrand den Tunnel verließen, war es kurz nach zwei.

Das dreistöckige Haus mit den Erkertürmen hinter der Einfahrt mochte gut und gern tausend Jahre alt sein. Ein amtliches grün-weiß-gelbes Emblem neben dem Eingang wies Besucher darauf hin, daß es unter Denkmalschutz stand. Rita stieg aus und warf einen prüfenden Blick an der grau verputzten Fassade hinauf. Die Wände besaßen keinen Solarbelag. Selbst die Dächer bestanden noch aus guten alten Dachpfannen von Anno dazumal und konnten keine Lichtenergie speichern.

Manchmal ziehen Lehrer mit ihren Schulklassen in diese Wohngegend, um sich die letzten Repräsentanten einer vergangenen Epoche anzusehen. Die Schüler stellen dann oft die Frage: «Und woher bezog das Haus damals seine Energie?» Die Antwort des Lehrers ist meist ebenso stereotyp, wenn auch nicht ganz ernst gemeint: «Früher dachte man, die Energie käme aus der Steckdose.»

Rita steckte ihre Hand durch das Seitenfenster und drückte auf einen Signalgeber.

Die Leuchtdioden an der Tür sprangen auf Grün.

Dupin war ebenfalls ausgestiegen und pinkelte vor Ritas Augen ungeniert an einen der uralten Eichenbäume am Gartenweg.

«Ich kann dieses farbige Ferkel nicht ausstehen», flüsterte Rita mir zu.

«Nanu, ist das etwa ein echtes altes Rassenvorurteil?»

«Uriniert mir fast vor die Füße! Und sieh dir bloß sein selbstgefälliges Grinsen an, wenn er sein schwarzes Nigger-Gemächt wegpackt, Frank...»

«Paß lieber auf, daß er keinen Kontakt über seine Zentraleinheit herstellt», raunte ich ihr zu, während wir durch das Treppenhaus nach oben gingen. «Wäre doch peinlich, wenn er plötzlich aus den Nachrichten erführe, daß seine verehrte Präsidentin quicklebendig an einer Fernsehdebatte mit ihrem politischen Gegner teilnimmt?»

Am Nachmittag war eine Wahlkampfsendung mit dem Anwalt Ezard Spell angesagt. Spell war für die meisten ein zwielichtiger Politiker alter Couleur – und für viele Frauen im Demokratischen Grünen Bund ein rotes Tuch. Er wurde nicht müde, zu betonen, das Matriarchat sei gescheitert. Wie es hieß, wollte er dem zunehmenden Druck aus der Dritten Welt dadurch begegnen, daß er die Grenzen öffnete.

Für viele politische Beobachter war das allerdings ein rein taktisches Spiel. Er spekulierte dabei auf die Stimmen der Einwanderer. Die Machtblöcke hatten sich der Globalisierung und dem Verdienstgefälle in den vergangenen Jahrhunderten durch eine rigorose Zoll- und Abschottungspolitik entledigt, aber die großen Probleme waren geblieben: Klimaverschiebungen, Umweltprobleme, erschöpfte Ressourcen und Überbevölkerung.

Dupin ließ sich in einen der großen Sessel fallen, die aussahen wie der vorsintflutliche Zahnarztstuhl meines Genetikers. Er betrachtete den Bildschirm an der Wand, über den Zahlenkolonnen liefen.

Die Zahlen zeigten an, daß das Rechenzentrum im Haus mit allen großen Rechenzentren weltweit kommunizierte. Im Grunde waren die Zahlen nichts weiter als Zeichen für Wörter, Töne und Bilder, wenn auch wie immer codiert.

«Das ist kein Regierungsrechner, oder?» sagte Gerald Dupin. Er warf uns einen argwöhnischen Blick zu.

«Wie kommen Sie denn darauf?» fragte Rita. Sie hatte ihren weißen Kittel angezogen und sah hinreißend aus.

«Sie wissen doch, daß ich Sekretär im Außenministerium war, Abteilung Datenverschlüsselung?»

«Na und?» fragte Rita. Sie zog den aufgerollten Stecker aus dem Rechner, um ihn an Dupins Chip anzuschließen.

Dupin drückte unwillig ihre Hand weg. «Moment noch ... Bei jedem autorisierten Regierungsrechner erscheint auf der obersten Zeile der neuen Nachricht ein Autorisierungscode, habe ich recht?»

«Niemand bestreitet, daß Sie recht haben, Dupin. Wahrscheinlich hatten Sie sogar mehr als einmal recht in Ihrem Leben.»

«Und – wo ist der Code?» fragte er. «Ich sehe nichts.«

«Gott, sind Sie ein schwieriger Patient», sagte Rita. «Er arbeitet im Hintergrund, damit nicht jeder hergelaufene Eindringling sofort erkennt, daß es sich um Regierungsdaten handelt.» Sie gab ein paar Zahlen ein, und der Code tauchte wie gewünscht in der obersten Zeile der Datenseite auf.

«Na, sind Sie nun zufrieden?»

«Allerdings... Wissen Sie, daß Sie eine hübsche Figur haben?» Dupin legte seinen Arm um ihre Hüfte.

«Hände weg ...»

Rita stellte den Kontakt zu Dupins Chip her. Dann ging sie zum Rechner, und ich folgte fasziniert dem Spiel ihrer Finger auf der Tastatur.

Auf dem Bildschirm an der Wand erschien das Konterfei der Präsidentin. Raoul Weber war um die Fünfzig und nicht gerade der mütterliche Typ, den sich die Feministinnen vielleicht aus wahltaktischen Gründen gewünscht hätten. Aber bei ihrer politischen Vergangenheit war sie auch als Frau immer noch interessant, sah man einmal von den Raffinessen der Bildbearbeitung ab.

Das Foto zeigte sie als strahlende Wahlsiegerin des ersten Matriarchats der modernen Geschichte: Mittel- und Zeigefinger der rechten Hand zum Siegeszeichen erhoben und von jungen, streng dreinblickenden «Lehrerinnen» umgeben, die ihre Regierungsmannschaft bildeten. Danach folgte ein kurzer Hinweis auf die Datenbank der Regierung, die jedem Strafe androhte, der unberechtigt ins System eindrang.

Anschließend signalisierte eine kurze Meldung, daß Gerald Dupin zum Kreis der Berechtigten gehörte. Er wurde über seine DNS identifiziert.

Die Desoxyribonukleinsäure als in allen Lebewesen vorhandener Träger der genetischen Information mit der Fähigkeit zur DNS-Replikation besteht aus zwei spiralförmig angeordneten Ketten von Nukleotiden, die durch vier verschiedene, sich in unterschiedlicher Reihenfolge wiederholende Basen über Wasserstoffbrücken in der Kopplung Adenin-Thymin und Guanin-Zytosin miteinander verbunden sind. Die Basenfolge bestimmt dabei den genetischen Code.

Bei Dupin war der größere Teil der Erbinformation durch einen Code abgesichert, der auf einer zusätzlich eingefügten Basenfolge basierte – und auch die Stelle in seiner DNS, die den Codeschlüssel zum neuen Datenübermittlungssystem «EPOS-X» enthielt, war mit diesem Schlüssel abgeschirmt.

«Okay, Gerald», sagte Rita. «Wir sind bereit…»

«Bereit wozu?» erkundigte sich Dupin. Er schien darauf zu warten, daß sie ihre Arbeit ganz ohne seine Hilfe erledigte.

«Geben Sie mir Ihre Zugangsinformationen?»

«Sie meinen den Code für EPOS-X?»

«Deswegen sind wir hier…»

«Ich dachte, Sie würden nur meine Daten auf Fehler untersuchen.»

«Richtig, aber dazu brauchen wir den Zugangscode.»

«Das war nicht abgemacht.»

«Ich bitte Sie, Gerald», mischte ich mich ein. «Sie sind

doch kein Anfänger. Sie wissen genauso gut wie wir, daß es nicht möglich ist, ohne Code Ihren Datenbestand auf Fehler zu untersuchen. Das ist genauso, als würden Sie Ihrem Arzt bei einer Herzuntersuchung nicht gestatten, einen Katheter einzuführen.»

«Katheter sind Technik aus der Steinzeit. Ich dachte, Sie hätten eine andere Methode, um den Fehler zu finden.»

«Nein, haben wir nicht», sagte Rita. Sie verschränkte ihre Arme und wandte sich langsam auf dem Drehstuhl nach ihm um.

Dupin zog den Stecker aus seinem Kopf und legte das Kabel vor sich auf den Tisch.

«Tut mir leid, dazu bin ich nicht autorisiert.»

«Lieber Himmel, Dupin ...», sagte Rita. «Ich dachte, das hätten wir längst am Flughafen geklärt! Was verlangen Sie denn noch alles – daß Raoul Weber Ihnen im Bett höchstpersönlich ins Ohr flüstert, wir müßten Ihren Code überprüfen?»

«Von meinen Daten hängt das Schicksal der freien Welt ab. Sie wissen, daß dieser englische Hacker ... wie war noch gleich sein Name?»

«Winston Hare ...»

«... erst vor einem Jahr nachgewiesen hat, daß alle gegenwärtigen digitalen Nachrichtenverschlüsselungssysteme geknackt werden können. Man benötigte dafür nur die neuesten Hochleistungscomputer und das chinesische Dechiffrierungssystem *Qin*. Was war die Folge dieser katastrophalen Entdeckung?»

«Der Zusammenbruch des Weltwirtschaftssystems», sagte ich.

«Wenn's nur das gewesen wäre», seufzte Dupin. «Eine Gesellschaft ohne sichere Datenübermittlung ist keine Gesellschaft mehr.»

«Dafür haben wir jetzt EPOS-X?» fragte ich mit treuherzigem Blick.

«Wenn ich's nicht gerade an ein paar dahergelaufene Regierungsbeamte weitergebe ...»

«Also gut, ich glaube, ich hab langsam genug von deinem kleinen schwarzen Liebling, Rita. Schaffen wir ihn doch einfach zurück nach Brüssel in die Regierungszentrale. Soll seine kleine feministische Gespielin ihm höchstpersönlich erklären, daß es sich um einen Notfall handelt. Ich werd mir jedenfalls nicht mehr den Mund fusselig reden», sagte ich und erhob mich von meinem Sessel.

«Was soll denn das nun wieder heißen?» fauchte Rita. Sie baute sich breitbeinig und mit in die Hüften gestützten Armen vor mir auf. «Du kannst mich doch jetzt nicht mit diesem Kerl zurücklassen!»

«Doch, kann ich», sagte ich und legte militärisch grüßend meine Hand an die Schläfe.

Dann verließ ich unmerklich lächelnd und mit gemessenen Schritten den Raum.

VIER Ich ging ins Nebenzimmer, um mir durch den Wandspiegel anzusehen, ob unsere neue Taktik Erfolg hatte.

«War das ernst gemeint?» hörte ich Dupins Stimme über den Lautsprecher.

«Keine Ahnung. Fragen Sie mich nicht, was in den Köpfen dieser Regierungsarschlöcher vorgeht», sagte Rita. «Vielleicht hat er gerade Druck und will möglichst schnell zurück in sein Brüsseler Bordell.»

«Ins Bordell? Ich dachte, so was ist in unserer grünen Superdemokratie verboten.»

«Na, Sie sind mir vielleicht ein blauäugiger Nigger», sagte Rita. «Nichts, was menschliche Bedürfnisse deckt, kann jemals mit Erfolg verboten werden.»

«Hm... aus der Perspektive hab ich's noch nie betrachtet.»

Dupin stieß einen verächtlichen Schnaufer aus, machte eine abrupte Bewegung auf dem Drehstuhl und begann vorgebeugt einen Code in die Tastatur einzugeben.

Auf dem Bildschirm erschienen, graphisch aufbereitet, jene Basenfolgen seiner DNS, die den Zugangscode von EPOS-X und den Schlüssel zu den Daten des gesamten Codierungssystems darstellten. Im Grunde war es nicht viel mehr als eine dreizehnstellige Zahl, sah man einmal von den Zuordnungen ab.

Als er fertig war, wandte er sich nach Rita um und blickte sie an wie ein Hund, der einen Stock apportiert hatte.

«Na, was sagen Sie jetzt?»

«Sieht eigentlich auch nicht anders aus als die Codierungssysteme früher», sagte Rita, während sie die Daten musterte.

«Der Unterschied liegt im Zugang. Nicht mal der stärkste gegenwärtige Hochleistungscomputer könnte ihn knacken.»

«Und woran liegt das?»

«Ich denke, Sie haben das System mitentwickelt?» fragte Dupin.

«Habe ich das wirklich behauptet?» fragte Rita lachend.

Mach jetzt keinen Fehler, Rita! dachte ich mit angehaltenem Atem hinter der Scheibe.

«Ich sagte, ich habe in der Expertenkommission zur Herstellung des neuen Datensicherungssystems mitgearbeitet. Das war nur eine beratende Funktion. Welche Sicherheitskriterien soll das neue System erfüllen, wenn es einen Zusammenschluß der beiden Supermächte gegen die Militärstrategen der Dritten Welt organisieren muß? Die eigentliche Programmierarbeit haben andere erledigt.»

«Verstehe», nickte Dupin. «Fangen wir an?»

«Auf los geht's los», sagte Rita.

Ich schüttete mir zur Feier des Tages ein Glas echten Rotwein aus der Flasche im Vitrinenschrank ein. Anscheinend war der Inhaber des Büros jemand, der's sich leisten konnte. Ich dachte an die 100 000 Euro und an den Bauernhof meines Bruders auf Guernsey. Und natürlich dachte ich auch an meine widerspenstige Rita und wie ich sie doch noch dazu bewegen konnte, mit mir ein gemütliches Nest auf der Insel zu bauen.

Aber zwischen künstlichem und echtem Rothschild *Mouton Cadet* ist heutzutage kein Unterschied mehr zu erkennen. Oder anders gesagt: Der Unterschied ist nur noch psychologischer Natur. Und vielleicht war ja schon *das* der eigentliche Anfang einer Reihe von unglaublichen Pleiten und Fehlschlägen ... und nicht, was sich da gerade drüben im Raum abspielte!

«Wo, verdammt noch mal, sind Ihre Daten, Dupin?» fragte Rita zurückgelehnt in ihrem Sessel.

Dupin starrte kaum weniger überrascht auf den Bildschirm als sie.

«Sie wollen mich schon wieder verarschen, Dupin?»

«Nein, wirklich ... ich verstehe das alles nicht ...»

«Sie haben ganz offensichtlich keinerlei Daten über EPOS-X gespeichert.»

«Vielleicht ist das ja der Programmierungsfehler?» fragte er unschlüssig.

«Hm, nein ...»

«Nein, wieso nicht? Was macht Sie da so sicher?»

«Es *ist* nicht der Fehler.»

«Dann verstehe ich die Welt nicht mehr», sagte Dupin ratlos. Er fummelte irritiert an dem implantierten Chip in seinem Kopf. Irgend etwas in seiner Haltung verriet mir, daß er die Wahrheit sagte.

«Sie sind in Brüssel programmiert worden, aber Sie transportieren keine Daten», stellte Rita fest. «Was bedeutet das?» Sie blickte fragend zur Scheibe.

Dann sprang sie auf und gab mir ein Zeichen.

«Verschwinden wir hier ... kommen Sie, Dupin! Wir sind in Gefahr.»

«In Gefahr? Wieso?»

«Man hat uns hereingelegt. Kommen Sie mit uns, wenn Ihnen Ihr Leben lieb ist...»

Dupin stand auf. «Was hat mein Leben damit zu tun, daß wir keine Daten bei mir finden?» fragte er.

«Sie waren nur ein Köder, Dupin. Und die Demokratie-Polizei wird Sie für Ihren Verrat bestrafen. Wie lautet Ihre Order? Niemand ist berechtigt, sich Zugang zu Ihren Daten zu verschaffen, es sei denn, er besitzt den Zugangscode?»

«Aber Sie haben mir doch ein Schreiben mit der Unterschrift der Präsidentin...»

«Kommen Sie endlich, Dupin!»

FÜNF Wir liefen den Flur entlang und dann hinüber in den Wintergarten, von dem ein überdachter Weg zum Uferweg und zu den Brücken führte.

Rita hatte richtig vermutet, denn gleich darauf ertönte aus der Straße hinter dem Haus der so charakteristische hohe und mit nichts zu verwechselnde Sirrton, der einen Einsatz der Demokratie-Polizei signalisierte.

«Einsatz» hieß, daß niemand außer den höchsten Regierungsbeamten Vorrang hatte, nicht einmal der Notdienst der Hospitäler oder die Feuerwehr.

Ich nahm an, daß sie jetzt schon unseren *Zapper-Volt* untersuchten, und das bedeutete, daß sie über das Identifizierungssystem der Mietwagenfirma unsere falschen Personendaten gefunden hatten.

«Deaktivieren Sie Ihren Chip, Dupin», warnte Rita, während wir in Richtung des Flusses liefen. «Damit bieten Sie eine zu gute Zielscheibe.»

Der Sender diente als Peilobjekt, mit dem ihre automatischen Waffen fast todsicher ihr Ziel erreichten. Die neue Microcomputer-gesteuerte Munition verfehlte zwar dank ihrer eingebauten Miniaturkameras nur selten ihr Objekt, aber ein Leitstrahl war nun einmal wie eine Schiene, die zum Opfer führte.

«Unsere Leute werden doch nicht auf mich schießen!» sagte Dupin. Er war stehengeblieben und starrte sie ungläubig an.

Rita blieb ebenfalls stehen; sie legte, vorgebeugt und außer Atem, ihre Hände auf das Geländer des Weges, der hier unter den hohen Brücken zur Straße hinaufführte.

«Es ist mir nicht erlaubt, mich vom System abzuschalten», sagte Dupin. «Und ich weiß auch überhaupt nicht, warum ich hier wie ein Idiot hinter ihnen herlaufe?»

«Um zu überleben. Ich sag's nicht noch mal, verdammter Narr!»

«Schalten Sie das blödsinnige Ding ab», sagte ich zu Dupin, während ich an ihm vorbeilief. «Sonst schaltet die Demokratie-Polizei Sie ab!»

Wir liefen weiter den steil ansteigenden Weg zu den Brükken und der Durchgangsstraße hinauf, und mir blieb langsam die Luft weg.

Als ich mich umwandte, sah ich, daß Dupin uns im gemütlichen Schlenderschritt folgte.

Dann hörten wir den ersten Polizeihelikopter in der Luft. Die Dinger machen fast keine Geräusche, man erkennt sie nur noch am leichten Gurgeln ihrer Fusionsmotoren. Und vom Haus her sahen wir ein Kommando der Demokratie-Polizei in ihren grün-weiß-gelben Kampfanzügen durch den Wintergarten stürmen. Diese Burschen meinen immer, wenn sie ohne Unionsflagge herumlaufen, würde man sie nicht für voll nehmen.

Es waren ihre Schnellfeuergewehre neuester Bauart, die ihnen genau das Maß an Autorität verliehen, das sie brauchten, um uns abzuschießen wie Kaninchen.

Wir beeilten uns, die schützenden Brücken zu erreichen. Aber die erste Salve aus dem Helikopter deckte uns bereits ein, bevor wir am Betonpfeiler waren.

«Bleiben Sie mit erhobenen Händen stehen!» tönte ein Lautsprecher über uns.

Wir liefen einfach weiter in Richtung auf den schützenden Pfeiler. Dupin tat genau das Gegenteil. Er wurde plötzlich lebendig! Er rannte wie ein angeschossener Hase im Zickzack zu uns hinauf.

Das Kommando auf dem Uferweg eröffnete das Feuer. Wir hörten die Einschläge vor uns im Beton. Die Querschläger, die von den Eisenträgern abprallten, klangen wie kleine Glockenschläge.

Rita warf sich hinter den Brückenpfeiler. Unter die Brücke würde sich der Helikopter nicht trauen. Zwischen den Verstrebungen war er genauso schwerfällig wie die Lufttaxis. Ich folgte ihr mit einem Sprung in den Wasserablauf am Fuß des Pfeilers.

«Wo ist Dupin?» fragte sie.

Ich zeigte über den Betonrand.

Es war einer der Scharfschützen im Polizeihelikopter, der ihn erwischte.

Dupin wurde durch den Einschuß einen halben Meter zurückgeworfen. Ich sah, wie sich sein Mund zu einem lautlosen Schrei öffnete. Er streckte die linke Hand aus, als wollte er noch im Fallen das verdammte Ding hinter dem Ohr mit seinem Funkleitstrahl abschalten. Dann rollte er wie ein Teppichbündel den abfallenden Weg hinunter.

«Das wär's», sagte Rita, als wir den Treppenaufgang zur Brücke erreicht hatten. «Das war das Kapitel *Gerald Dupin.* Feierabend, hier trennen sich unsere Wege.»

«Warum haben wir keine Daten gefunden?» fragte ich.

«Weil sie klüger sind, als wir vermutet hatten.»

«Du meinst, Dupin war nur ein Köder?»

«Sie wollten testen, ob er durchkommt.»

«Und jetzt ist er tot.»

«Wir sind auch so gut wie tot, Frank.»

Sie schob vorsichtig ihren Kopf um die Ecke der Treppe und fuhr erschreckt zurück.

«Überall Polizei. Sie haben beide Seiten der Brücke abgesperrt. Sie sind überall...»

«Sieht nicht gut aus», bestätigte ich mit einem Blick auf die Straße.

«Sieht beschissen aus.»

Wir sahen uns an und warfen wie auf Kommando unsere Pistolen in den Schacht am Treppenrand.

Waffenbesitz wurde seit einigen Jahren besonders hart geahndet. Man wollte nicht, daß in Europa die gleichen Verhältnisse einrissen wie in der Dritten Welt. Da ballerte jeder herum, was das Zeug hielt. Es war wie in den alten Western, die manchmal gezeigt wurden.

Momentan war es schwer, überhaupt brauchbare Waffen

zu bekommen. Die neuen Legierungen besaßen fast ausnahmslos Codierungen, mit denen man leicht geortet werden konnte, von einigen illegal hergestellten Exemplaren abgesehen.

«Sie haben Dupin über seinen Chip geortet. Sie haben die ganze Zeit über gewußt, wo er war, und abgewartet, bis wir ihnen unseren Stützpunkt verraten hatten», sagte sie.

«Dann gab's über den angeblichen Code für EPOS-X eine Fangschaltung.»

«Die Eingabe des Codes war das Signal, um einzugreifen», bestätigte Rita.

«Und der Code war nur fingiert?»

«Natürlich, was sonst?»

Wir gingen mit erhobenen Armen auf den Posten am Ende der Brücke zu. Ein Kamerawagen der *View-Television* übertrug unsere Verhaftung live. Er war mit einem Zehn-Meter-Kran hinter den Polizeifahrzeugen postiert.

Wahrscheinlich würden wir – wie das heutzutage guter Brauch war – der Öffentlichkeit als gewissenlose Umweltsünder präsentiert: als skrupellose Kriminelle, die es wieder einmal in irgendeiner Weise auf das «Gleichgewicht des ökologischen Systems» abgesehen hatten – so die Standardformulierung! Unsere grüne Superdemokratie hatte sich in den letzten hundert Jahren schleichend und unmerklich zum grünen Terror gewandelt, immer kaschiert durch zahllose reale Wohltaten und Vorzüge und durch eine Glorifizierungspropaganda bisher unbekannten Ausmaßes.

Ich bewegte meine Hände über dem Kopf, um ihnen zu zeigen, daß ich unbewaffnet war.

Die Scharfschützen hatten uns immer noch im Visier. Daß sie uns nicht gleich umlegten, war wahrscheinlich nur der Neugier des Geheimdienstes zu verdanken, der Ritas Hintermänner kennenlernen wollte.

«Leutnant Prosper», sagte ein etwa vierzigjähriger Mann in schwarzer Uniform; die grün-weiß-gelben Regierungsembleme an seiner Jacke waren wohltuend klein.

«Bitte legen Sie Ihre Waffen vor dem Wagen ab.»

«Wir sind unbewaffnet», sagte Rita. «Sie wissen doch, wie schwer es heutzutage ist, an Waffen zu kommen.»

Einer der Beamten tastete uns mit einem Detektor ab. Er nickte Prosper zu, als er fertig war.

«Die Daten auf Ihrem Ausweis sind mit einem Chip unbekannter Bauart codiert», sagte Prosper, an Rita gewandt. «Geben Sie mir bitte den Code?»

«Der nützt Ihnen nicht viel. Sie brauchen einen Decodierer. Er hat Schaltungen aus *Zerennium*, das ist ein erst kürzlich entdecktes Metall auf einem der Jupitermonde.»

«Geben Sie mir trotzdem den Code?» fragte Prosper. Er reichte Rita Papier und Stift.

«Also bitte, wenn es Sie glücklich macht...»

SECHS Brüssel ist auf den ersten Blick eine Stadt, die sich den alten Charme des vorigen Jahrtausends bewahrt hat. Die Kirchen und die gotische Kathedrale Saint-Michel von 1226, Notre-Dame-de-la-Chapelle aus dem 12. Jahrhundert und das Rathaus in brabantischer Hochgotik sind nach den drei großen Überschwemmungen 2468, 2519 und 2803 liebevoll wiederaufgebaut und restauriert worden. Selbst das 102 Meter hohe Atomium von 1958 glänzt wieder in alter Pracht. Es schwebt seit dem Jahr 2666, mit Helium gefüllt, an über fünfhundert Meter langen Stahltrossen als größter jemals gebauter «Heißluftballon» über der Stadt. Die Klimaveränderungen, die zu einer Anhebung der Meeresspiegel führten, können den alten Baudenkmälern wegen der neuen Riesendeiche an den europäischen Küsten nichts mehr anhaben. Gegen diese monumentalen Bauwerke aus einer neuen Metall-Legierung, dem schwarzblauglänzenden *Arberitth*, wirkt die Chinesische Mauer wie die Favelas der Dritten Welt.

Auf den zweiten Blick allerdings offenbart die Stadt selbst dem unbefangensten Besucher ein Maß an Eitelkeit und Verschwendungssucht, das seinesgleichen in der Welt sucht. Irgendwann beschloß die Regierung des Demokratischen Grünen Bundes, ihrer Amtszeit ein bleibendes Denkmal zu setzen, das für alle Zeiten von ihren Verdiensten künden sollte. Die Folge waren prunkvolle Glasfassaden, eine wahre Orgie von Metall und Marmor, alles immer eine Nummer zu groß, zu teuer, zu bombastisch.

Dagegen versuchte die Zentrale der Demokratie-Polizei gar nicht erst, sich in Bescheidenheit zu üben. Hier war einhundertzwanzig Jahre lang das Europäische Untersuchungsgefängnis einquartiert gewesen.

Als wir durch den Torbogen aus ungestrichenem Beton fuhren, hatte ich Gelegenheit, einen Blick auf die Käfige an der Galerie zu werfen, wo Häftlinge, die besonders hohe Strafen erwarteten, für drei Tage den Fragen und Beschimpfungen aufrechter «Hobbyökologen» ausgesetzt waren, ehe sie zu ihrem endgültigen Quartier in den *Gullys* überführt wurden. Anders ausgedrückt: Sie wurden dort dem Volkszorn ausgeliefert.

Die Gefangenen waren mit weißen Anzügen bekleidet. Weiß ist die Farbe der Läuterung.

«Sieh dir diese armen Kreaturen an», sagte ich. «Wie der Pranger im Mittelalter.»

«Uns erwartet ein viel schlimmeres Schicksal. Gebe Gott, daß wir so gnädig davonkommen wie sie.»

«Was ist mit deinen Auftraggebern? Können die nichts für uns tun?»

Rita schüttelte stumm den Kopf.

Wir saßen im Gefängnisabteil des Kastenwagens. Wahrscheinlich wurden wir abgehört. Aber ich machte mir zur Zeit weniger Sorgen um das Wohlbefinden von Ritas Hintermännern als um mein eigenes Schicksal. Mein Büro lag nur ein paar Straßen weiter, ich wußte, was man von den Verhörmethoden der Demokratie-Polizei zu erwarten hatte.

Der Korridor, durch den man uns brachte, bestand aus düsterem, ungestrichenem Beton und war so lang wie die Katakomben unter dem Brüsseler Zentralflughafen.

Wir wurden in einen kahlen, grau gestrichenen Raum geführt, in dem zwei Tische standen. Im abgedunkelten Teil saßen drei Männer, deren Gesichter kaum zu erkennen waren. Der Mann am anderen Tisch, auf den die einzige Lampe einen schwachen Lichtkegel warf, war Leutnant Prosper. Er machte eine einladende Handbewegung, und wir nahmen auf den beiden Stühlen vor ihm Platz.

Sein Gesicht war so nichtssagend wie das der meisten wohlgenährten Männer des Bundes um die Vierzig: Sie bekommen alle vier Wochen eine Blutwäsche; ihr Immunsystem wird durch Genstimulation auf Trab gehalten, und die Implantate hinter ihrem linken Ohr analysieren jeden ihrer Fürze auf seine korrekte chemische Beschaffenheit.

«Darf ich um Ihre Namen und Identifizierungsnummern bitten?» begann Prosper.

«Wozu?» erkundigte sich Rita angriffslustig. «Sie wissen doch längst besser über uns Bescheid als das Zentralregister des Bundes. Kommen wir lieber gleich zur Sache.»

«Wie Sie wollen.» Prosper lächelte ungerührt und schlug eine Mappe vor sich auf dem Tisch auf. «Nennen Sie mir die

Namen der Leute, die Sie und Ammer auf Gerald Dupin angesetzt haben.»

«Tut mir leid, da bin ich überfragt. Wir verkehren nur über einen elektronischen Briefkasten miteinander.»

«Wie lautet der Code?»

«EP-W-X-200-1351.»

Prosper gab einige Informationen in die Tastatur in der Tischplatte ein.

«Gesperrt», stellte er mit unbewegtem Gesicht fest. «Wie nicht anders zu erwarten. Wofür steht ‹EP›?»

«Keine Ahnung. Das hat man mir nicht gesagt.»

«Sie sind doch die Datenexpertin, oder? Sagen Sie mir, was Sie über EP wissen.»

«Wenn man über einen Code mit mir verkehrt, wird man mir kaum auf die Nase binden, wer oder was dahintersteckt.»

«Was sagen Sie dazu, Ammer?» fragte Prosper.

«Ich bin nur das fünfte Rad am Wagen», gab ich zur Antwort und kratzte mich arglos am Mundwinkel. «Ich habe keine Ahnung. Man sagte mir, es sei ein lukrativer Auftrag. Ich wußte nicht einmal, daß es sich um einen Regierungsbeamten handelte.»

«Ihre Lizenz wurde heute morgen für ungültig erklärt.»

«Vielen Dank für Ihre außerordentlich zuvorkommende Behandlung. Ist das bereits Teil eines legalen Gerichtsurteils?»

«Das bedeutet, Ihnen wurde jede Arbeitserlaubnis im Bund entzogen. Sie sind künftig auf die Wohlfahrtsbehörden angewiesen.» Er hob einen Zettel ins Licht. «Ich habe hier Ihren Kontoauszug. Sieht nicht gut für Sie aus.»

«Es rührt mich immer zu Tränen, wenn sich jemand um meine Finanzen sorgt.»

«Wie lautet Ihr Auftrag?»

«Wir sollten Gerald Dupin dazu bringen, uns Zugang zum neuen Dechiffrierungssystem der Regierung zu ermöglichen», sagte Rita. «Ich hatte nichts weiter zu tun, als seine Informationen aufzubereiten. Für eine Analyse des neuen Systems bin ich nicht ausgebildet.»

«Aber Sie haben doch die höchsten Abschlüsse.»

«Nicht in militärischer Dechiffrierung.»

«Militärische Dechiffrierung...» Ein unmerkliches Lächeln zog über Prospers Gesicht; er blickte wieder in seine Unterlagen. «Jetzt kommen wir der Sache ein wenig näher. Was glauben Sie, für welchen Zweck das System entwickelt wurde?»

«Fragen Sie Frau Baré, welche Bezeichnung das neue System hat», meldete sich eine Männerstimme vom Tisch hinter uns.

«Warum fragen Sie sie nicht selbst?» erkundigte ich mich. «Gibt es irgendeinen Grund, warum Sie Ihre Gesichter vor uns verstecken müssen?»

«Schaffen Sie ihn in Sektor C», sagte eine andere Männerstimme hinter uns. «Erste Phase, Standardbehandlung Licht. Jede Art von Impertinenz wird von nun an augenblicklich bestraft.»

Offenbar wollte er damit Rita unter Druck setzen. Sie hatten mich als Mitläufer und zweiten Mann eingestuft. Sie würden sich beim Verhör vor allem auf Rita konzentrieren.

Prosper warf mir einen prüfenden Blick zu. Es sah ganz so aus, als hätte er um nichts in der Welt mit mir tauschen mögen. Dann kam einer der Posten herein und forderte mich auf, ihm zu folgen.

«Laß dich nicht von ihnen unterkriegen», sagte Rita.

Man brachte mich in meine Zelle. Die gekachelten weißen Wände mit ihrem Spezialbelag reflektierten das Deckenlicht in so vollkommener Weise, daß praktisch nichts davon verlorenging. Es war fast unmöglich, in dieser gleißenden Helle auch nur zwei Minuten die Augen aufzuhalten. Die Decke selbst war die Lampe. Ich versuchte gar nicht erst, mich in dem spärlich möblierten Raum zurechtzufinden. Die Möbel – ein niedriger Tisch neben dem Bett und zwei Hocker – bestanden aus weißem Kunststoff. Weiß war die einzige vorkommende Farbe. Und auch ich selbst trug nur noch eine weiße Hose und das weiße Häftlingshemd, das man oft auf Aufnahmen sah, wenn Gefangene der Öffentlichkeit präsentiert wurden. Weiß war die Farbe der Läuterung. Häftlinge, die überzeugend ihre innere Verwandlung nachgewiesen hatten, trugen Häftlingskleidung in den Farben des Bundes.

Das Licht war nicht eigentlich schädlich. Es hinterließ keine bleibenden Schäden auf der Haut. Aber es wirkte auf psychische Weise. Ich kannte diese Folterkammer nur vom Hörensagen. Sie nannten es den «Weißen Traum» oder «das Licht der Läuterung». Wer es überlebt hatte, war sein Leben lang davon gezeichnet. Weißes Licht verfolgte ihn noch bis in die Alpträume.

Ich legte mich aufs Bett und beschloß, nicht eher wieder meine Augen zu öffnen, bis es dafür einen plausiblen Grund gab. Die Stunden vergingen, und nichts geschah. Zwei- oder dreimal stand ich auf, um meine Notdurft in dem weißen Porzellanbecken neben der Tür zu verrichten. Ich gab mir nicht viel Mühe, dabei immer den Topf zu treffen. Mit geschlossenen Augen war das auch kaum möglich.

Ich dachte darüber nach, was passiert war. Warum hatten sie Dupin geopfert?

Das neue Informationsübermittlungssystem sollte einer Allianz zwischen den beiden Machtblöcken Europa und Amerika dienen, die gegen die übrige Welt gerichtet war. Dank EPOS-X würde man die Abwehrmaßnahmen der beiden Supermächte gegen die Dritte Welt koordinieren können.

War man deswegen so vorsichtig? Hatte man Dupin geopfert, weil das neue System auf gar keinen Fall in die Hände der anderen Seite gelangen sollte? War Gerald Dupin wirklich nur ein Versuchskaninchen gewesen, um die Sicherheit des Boten zu testen?

Und wieso hatte man Dupin gleich liquidieren müssen?

Nach einem halben Tag spürte ich, daß das Licht seine Wirkung zu tun begann. Ich hatte mein Hemd ausgezogen und es mir gefaltet übers Gesicht gelegt, um meine Augen zu schützen. Ich lag auf dem Rücken und versuchte mich mit Hilfe mentaler Programme fit zu halten, die mir Experten in den achtziger Jahren beigebracht hatten. Es gibt da einen subtilen Punkt im Bewußtsein, den man erst durch ausgefeilte Techniken finden muß, um seine negativen Gefühle zu steuern. Ich verbrachte mehrere Stunden auf dieser Ebene, und es half mir über einige Tiefpunkte hinweg.

Aber vielleicht war es gerade die Tatsache, daß ich mein Hemd ausgezogen hatte, die mich immer empfindlicher reagieren ließ. Mein nackter Oberkörper absorbierte das Licht auf ungewöhnlich intensive Weise. *Es war, als brenne ein kaltes Feuer in mir.* Jede Zelle meiner Haut schien davon erfaßt und bis an den Rand seiner Aufnahmefähigkeit aufgeladen zu sein. Diese Art von Ultralicht war erst im vorigen Jahrhundert entdeckt worden. Sie wurde vor allem in der Medizin und der Lebensmittelsterilisierung eingesetzt. Wahrscheinlich fühlten sich die Bakterien und Pilze genauso wie ich.

Ich dachte daran, daß die Stimme beim Verhör von der «ersten Phase, Standardbehandlung Licht» gesprochen hatte. Wenn das die erste Phase war, wie sah dann die zweite aus?

SIEBEN Irgendwann war ich der Meinung, nun sei es genug. Ich spürte, daß ich wütend wurde. Ein paar Aufträge hatten mir den Ruf eingetragen, der hartgesottenste Charakter im Großraum Brüssel zu sein, und während ich in das helle Deckenlicht blinzelte, verspürte ich plötzlich Lust, diesem Ruf gerecht zu werden.

Die Union ist kein leichter Gegner. Sie verfügen nach UA über die besten Waffen; sie haben die leistungsfähigsten Peilsender, um einen an jedem Punkt der Welt aufzuspüren; sie kontrollieren die Zentraleinheiten, und sie haben den besten Geheimdienst der Welt. Aber was ist das alles gegen einen wütenden Brüsseler Privatdetektiv?

Ich erhob mich von meiner Pritsche, verrichtete meine Notdurft in dem weißen Porzellanbecken neben der Tür, ohne abzuspülen, nahm ein wenig Toilettenpapier, drückte es auf den klebrigen braunen Inhalt – unsere Ausscheidungen in der Union sehen wegen der vegetarischen Ernährung immer aus wie Kuhfladen – und kletterte auf einen der weißen Kunststoffhocker. Mit ausgestrecktem Arm konnte ich gerade das Videoauge über der Tür erreichen. Ich klebte das Toilettenpapier ans Glasauge und setzte mich mit verschränkten Armen auf mein Bett zurück.

Es vergingen keine zehn Sekunden, bis die Zellentür geöffnet wurde.

Ein Posten steckte seinen Kopf in die Zelle, warf einen mißbilligenden Blick auf das Stück Toilettenpapier und erkundigte sich:

«Was ist los? Sind Sie durchgeknallt? Wissen Sie denn nicht, was es heißt, wenn Sie sich nicht friedlich verhalten?»

«Hab gerade versucht, Selbstmord zu begehen», sagte ich. «Hab mich nicht mehr unter Kontrolle.»

«Selbstmord?» fragte er ungläubig.

«Wollte mein eigenes Hemd fressen.»

«Na, dann guten Appetit!»

Er machte Anstalten, die Zellentür wieder zuzuschieben.

«Hören Sie», sagte ich. «Sie wissen doch, daß alle Gespräche mitgeschnitten werden? Wenn Sie's verpatzen, landen Sie an meiner Stelle hier in der Zelle. Ich wiederhole noch einmal fürs Protokoll: Ich verspürte ein nicht mehr zu kontrollierendes Verlangen, mich umzubringen. Wahrscheinlich hat mich das Licht wahnsinnig gemacht ...»

«Also gut, kommen Sie», sagte er. «Ich liefere Sie im Hospital ab.» Er zeigte auf den silberfarbenen Stab mit genopptem schwarzem Gummihandgriff, der an seinem Gürtel eingeklinkt war. «Beim geringsten Versuch, irgendein Ding zu drehen, schicke ich Sie für einen Tag in die Hölle.»

Der Schocker an seinem Gürtel versetzte einen für Stunden in ein alptraumartiges Delirium, bei dem man völlig außer Kontrolle geriet. Er war bei den Häftlingen des Bundes gefürchtet, weil er das Nervensystem, wenn man sich schon wieder halbwegs bei Verstand fühlte, noch für Tage schwächte. Seine Störimpulse wirkten direkt auf die Synapsen an den Nervenzellen.

Er ging immer einen guten Meter hinter mir, die Hand am Griff seiner Waffe. Wir durchquerten das Gebäude auf Rollbändern und fuhren mit dem Aufzug in die 14. Etage. Die 14. Etage war in Wirklichkeit die 13. Etage. Aber alle Fortschritte des dritten Jahrtausends hatten es immer noch nicht vermocht, uns von unserem Aberglauben zu befreien.

Ich wurde in einen kahlen Raum gebracht, in dem lediglich ein verstellbarer Behandlungsstuhl mit Fußstütze, zwei Hocker und ein Metalltisch standen. An der Wand befand sich der übliche Plasmabildschirm.

Der Mann, der wenig später zur Tür hereinkam, war um die Fünfzig. Sein schütterer grauer Haarkranz verlieh ihm das Aussehen eines vertrauenswürdigen alten Landarztes.

Auf dem Namensschild an seinem weißen Kittel stand: Dr. A. Bertfeld.

«Wo fehlt's denn?» erkundigte er sich freundlich lächelnd und sah auf meine Karte.

«Ich glaube, ich schaff's nicht, Doktor.»

«Sie meinen die Lichtbehandlung?»

«Ich bin am Ende.»

«Sie haben eine Sonderbehandlung bekommen, wenn ich richtig sehe?»

«Wegen Renitenz», bestätigte ich.

«Und was macht Sie so aufsässig, wenn ich fragen darf?»

«Ehrlich gesagt, weiß ich gar nicht genau, worum es geht. Sie sagten, sie würden mir hunderttausend für den Auftrag zahlen …»

«Sie waren natürlich scharf auf das Geld?»

«Und nun bin ich sauer, weil ich für andere Leute meinen Kopf hinhalten soll.»

«Ja, verstehe. Wie können wir Ihnen helfen?»

«Hab hier unter dem Nagel meines rechten kleinen Fingers eine Telefonnummer eingespiegelt – für Notfälle.»

«Und jetzt ist so ein Notfall?» erkundigte er sich.

«Genau. Mit einer guten Lupe finden Sie die Nummer meines behandelnden Arztes …»

«Na, wollen mal sehen», sagte er und nahm eine kleine elektronische Lupe aus der Schublade des Metalltisches.

Ich legte meine rechte Hand auf die Metallplatte, und er beugte sich vor, um den Nagel meines kleinen Fingers zu betrachten. Dabei war meine linke Hand nur noch zwanzig Zentimeter vom genoppten schwarzen Griff des Nervenschockers am Koppel des Arztes entfernt.

Ich griff blitzschnell nach dem Schocker und riß gleichzeitig mit der rechten Hand seinen Kopf auf die Metallplatte des Tisches.

Dann legte ich die Elektroden an seinen Nacken und drückte den Knopf.

Doktorchen sah mich an, als wollte ich ihm eine gebrauchte Zahnbürste verkaufen.

«Setzen Sie sich da in Ihren Behandlungsstuhl, und warten Sie ab, bis die Geschichte überstanden ist», sagte ich. «Betrachten Sie's einfach als Bildungsurlaub.»

Sein Blick war leer, als ich ihn in den Behandlungsstuhl zurücksinken ließ. Ich durchsuchte seine Kleidung nach brauchbaren Chipkarten, fand aber lediglich zwei Ausweise für den Zugang zum Gebäude und den Hospitaltrakt.

Der Posten, der mich hergebracht hatte, wartete draußen im Gang. Ich drückte die grüne Signallampe auf der Tastatur des Bildschirms. Dann postierte ich mich mit dem Nervenschocker hinter der Tür.

Als er hereinkam, fackelte ich nicht lange, sondern jagte ihm eine Ladung in den Oberarm.

Er machte zwei, drei verwirrte Schritte nach vorn, und ich fing ihn noch rechtzeitig ab, ehe er das Gleichgewicht verlor. Ich plazierte ihn am Fußende des Behandlungsstuhls von Dr. Bertfeld.

Die beiden hätten ein hübsches Gruppenfoto abgegeben, aber ich hatte nicht genügend Zeit, um es mir in Ruhe anzuschauen.

Meine Detektei war geschlossen worden. Ein grün-weiß-gelber Siegelstreifen über dem elektronischen Schloß verkündete jedem Besucher, daß man gegen die Gesetze des Bundes verstieß, wenn man das Siegel öffnete.

Ich hatte bereits mehr als einmal dagegen verstoßen, und hat man sich erst mal für den Rest seines Lebens ruiniert, lebt's sich bekanntlich völlig ungeniert …

Ich tippte den manuellen Code ein und überprüfte mit

einer Karte für das Türschloß aus meinem Schreibtisch, ob man ein geheimes Signal für unberechtigte Türöffnungen installiert hatte. Negativ!

Mein Büro sah aus wie immer. Falls die Demokratie-Polizei es durchsucht hatte, dann war sie dabei sehr vorsichtig vorgegangen und hatte keine Spuren hinterlassen.

Das Mädchen aus dem Vorzimmer war schon seit ein paar Wochen mit einem australischen Wasseringenieur auf und davon. Auf einem handgeschriebenen Zettel stand:

Mach die Bude lieber zu, Frank! Deckt ja nicht mal die Stromkosten! Mailst Du mir mein Gehalt vom vorigen Monat nach Sydney?

Die Liste meiner Klienten war vollständig abgehakt. «Auftrag entzogen», «zahlungsunfähig», «wegen Terminschwierigkeiten abgesagt», lauteten die meisten Eintragungen. Es war auch eine darunter, mit der man mich aufforderte, einen Vorschuß von 1200 Euro zurückzuzahlen. Grund: «Verstoß gegen die Vertragsbedingungen.»

Ich erinnerte mich nicht mehr, um welchen Fall es sich dabei handelte. Mein Wandsafe war leer. Die Tür stand offen. Und die Fächer gähnten mich in einer Weise an, die jede Diskussion über Geld im Keim ersticken würde.

Ich war pleite. Ich besaß noch etwa hundertvierzig Euro, eine ungültige Krankenversicherungskarte und einen Sechserpack Bier, der im abgeschalteten Kühlschrank vor sich hin brütete.

Ich riß eine Dose auf und setzte mich damit hinter meinen Schreibtisch. Dann legte ich meine Beine auf die Tischplatte und ließ meinen Blick durch den abgedunkelten Raum und über das Mobiliar gleiten. Ich liebte es, bei geschlossenen Rollos hier zu sitzen. Man wurde nicht von der Welt da draußen behelligt. Es war eine gute Zeit gewesen. Ich würde wohl niemals wieder hierher zurückkehren …

Ich nahm ein paar frische Sachen aus dem Kleiderschrank im Korridor, rasierte mich im Badezimmer und putzte mir die Zähne mit *Miswake* gegen mein Zahnfleischbluten. Dann gurgelte ich zur Belohnung mit einem Schluck echten alten schottischen Malt-Whisky aus der eisernen Reserve – und danach fühlte ich mich gar nicht mal so schlecht.

Bevor ich mein Büro verließ, gab ich versuchsweise den Code EP-W-X-200-1351 ein, über den Rita mit ihren Hintermännern korrespondierte. Das war vermutlich genauso aussichtslos, wie aus einer Zitrone ein Glas Orangensaft zu pressen.

Es handelte sich um einen Code des Vereinigten Datensystems (VD), das die ganze Welt umspannte. Die Adresse ließ sich tatsächlich nicht zurückverfolgen. Um sie zu finden, mußte man wissen, für welchen Nachrichtensektor «EP» stand. Das Kürzel identifizierte einen bestimmten Bereich, der durch «W» und «X» noch weiter lokalisiert wurde. Die Leute hinter Rita konnten ebensogut am Amazonas wie im Himalaja sitzen.

Ich tippte in den Bildschirm:

Schwere Komplikationen bei der Erfüllung unseres Auftrags. R. B. zur Zeit physisch nicht in der Lage, Kontakt aufzunehmen. G. D. entkommen. Bitte um neue Instruktionen. Nennen Sie uns einen Treffpunkt und ein Kennzeichen.

F. A.

Aber obwohl ich gut eine halbe Stunde auf die Antwort wartete und meine Botschaft noch ein weiteres Mal absandte, blieb das Fenster des VD-Dienstes leer.

Als ich die Straße betrat, hielt einer dieser lautlosen Wagen mit Fusionsmotor neben mir.

Jemand kurbelte die verspiegelten Scheiben des Beifahrersitzes herunter, und ich blickte in Leutnant Prospers Gesicht.

«Steigen Sie ein?» fragte er überraschend liebenswürdig.

ACHT Rita machte mit Mittel- und Zeigefinger das Siegeszeichen, als wir in den Wagen vor der Zentrale der Demokratie-Polizei stiegen. Diesmal war es kein Polizeifahrzeug, sondern ein neutraler Wagen – wenn auch mit den Insignien R. W. versehen.

Es bedeutete, daß wir uns in einem Regierungsfahrzeug mit höchster Priorität befanden.

«Was ist passiert?» fragte ich.

«Ich bin der Meinung, daß uns jetzt nur noch ein kleiner Deal mit der Präsidentin Raoul Weber höchstpersönlich retten kann, Frank.»

«Was denn, du hast ...?»

«So was wie eine *Privataudienz* für uns arrangiert ...»

«Und was ist das für ein Deal?»

«Wart's ab.» Rita deutete unauffällig zur Decke des Wagens.

«Na, wie auch immer, ich war nahe daran, den Verstand zu verlieren.»

«Du mit deinem mentalen Brimborium?»

Damit spielte sie auf meine Trainingsprogramme an. Es waren uralte Techniken, um seine Gedanken und Gefühle in den Griff zu bekommen.

«Sie bestrahlen einen mit Ultralicht. Das ist schlimmer als jede Psychodroge. Bei den Drogen ist dein Bewußtsein eingeschränkt. Du leidest, aber du nimmst deine Schmerzen nur wie durch einen Filter wahr. Ultralicht läßt jeden

Schmerzimpuls noch deutlicher werden. Es ist, als würde die Aufmerksamkeit mit Hilfe des Lichts auf dem kürzesten Wege zum Schmerz gelenkt.»

Unser Wagen bog ins Regierungsviertel ein. Die Straßen waren für den normalen Verkehr gesperrt. Ich musterte amüsiert die Fassade des Datenschutzministeriums. Die verkohlten schwarzen Wände rührten offensichtlich von einem Brandanschlag her.

Raoul Webers Amtssitz war ein Prachtbau aus schlichtem Carrara-Marmor, sah man einmal von den goldenen Metallbögen am Portal und den vergoldeten Spiegelwänden in der Eingangshalle ab. Die edlen Tropenhölzer der Treppenaufgänge lagen noch eine deutliche Preisklasse darüber, und die alten Meister an den Wänden zeugten auch nicht vom eisernen Sparwillen der Regierung.

Einer der Posten drückte auf eine Sprechanlage und gab den anderen ein Zeichen. Dabei sah er auf einen kleinen Bildschirm, der die Rückmeldungen in Text verwandelte, damit Unbefugte nicht mithören konnten.

Man führte uns in einen kleinen Saal, an dessen einem Ende ein aufgeräumter Schreibtisch aus dunklem Edelholz stand; die andere Seite wurde von einer Sitzgruppe aus weinrotem Leder beherrscht.

Das Ganze ähnelte mit seinem glänzenden Parkettboden und den wandhohen Spiegeln eher einem Tanzsaal oder mittelalterlichen Rittersaal als einem gewöhnlichen Arbeitszimmer. Keine Spur von all dem elektronischen Firlefanz, der uns gewöhnlich umgab.

Auf der einen Seite der großen, gebogenen Couch saß Raoul Weber, die Präsidentin des Europäischen Bundes. Der Mann ihr gegenüber, mit übereinandergeschlagenen Beinen und verschränkten Armen, war Gerald Dupin.

Ich warf Dupin einen ungläubigen Blick zu.

Er war von einem Scharfschützen im Polizeihelikopter getötet worden. Hatte ich nicht mit eigenen Augen seine Exekution beobachtet?

Oder war es sein Zwillingsbruder?

Dupin musterte uns ohne das geringste Anzeichen des Erkennens.

«Bitte wundern Sie sich nicht darüber, daß Gerald Dupin gesund und quicklebendig ist», erklärte die Präsidentin lächelnd. Für ihr Alter war sie eine durchaus attraktive Frau. Ich glaube nicht an jene Wunderpillen, die uns alle Jahre wieder verkünden, sie könnten den Alterungsprozeß um mehr als fünfzig Prozent aufhalten. Aber wenn ich eine Fünfzigjährige mit der glatten Haut einer Fünfundzwanzigjährigen sah, dann wußte ich, daß es ein Werk von *Emo* war. *Emo* schaltet die negativen Gefühle ab, die schädlichen Streß erzeugen. Und das ist reines Labsal für die Zellen.

«Sie haben uns einen Klon untergeschoben?» fragte ich.

«Einen nützlichen, dummen Klon, ja...», bestätigte die Präsidentin.

«Und haben dafür ein Menschenleben geopfert...?»

«Um die Sicherheit des Europäischen Bundes zu gewährleisten. Der erste Dupin wurde wegen der Brisanz der Informationen und der Gefahren für die neue Allianz als Versuchsballon vorausgeschickt. Es kommt alles darauf an, daß unser neues Datenübermittlungssystem EPOS-X nicht in die Hände der Gegenseite fällt.»

«Wurde das Klonen im Grünen Bund denn nicht verboten? Gilt es nicht überall in der Welt als ethisch verpönt?»

«Ganz recht», bestätigte sie ungerührt. «Trotzdem hat man schon vor Jahren damit begonnen, für Regierungsaufgaben ein kleines Kontingent von Klonen heranzuzüchten.»

«Nach dem Motto: Was der gemeine Forscher nicht darf, ist der Regierung jederzeit erlaubt?»

«Denken Sie nur an die weltweiten Probleme – Klimaverschiebungen, Überschwemmungen, Hungersnöte und Überbevölkerung! Um von diesen Schwierigkeiten abzulenken, hat sich die Dritte Welt in einer bisher nie dagewesenen Allianz gegen uns verschworen.»

«Und nun soll der zweite Dupin mit seinen Informationen nach New York reisen?» fragte ich. «Damit Sie die Hungerleider in der Dritten Welt besser unter Kontrolle bekommen?»

Rita versetzte mir einen Schlag mit dem Ellenbogen in die Seite. Zynismus war jetzt fehl am Platz.

Aber ich finde, es wirkt immer glaubwürdiger, wenn man es der Gegenseite, mit der man angeblich kooperieren will, nicht zu leicht macht.

«Ihre Freundin Rita Baré hat uns ein sehr verlockendes Angebot gemacht», fuhr Raoul Weber fort. «Gehen wir einmal für den Augenblick davon aus, daß Sie tatsächlich nicht wissen, wer Ihre Hintermänner sind. Was passiert, wenn Sie sich weiter an Gerald Dupins Fährte heften? Diesmal an die Fährte des echten Dupin?»

«Man wird versuchen, mit uns Kontakt aufzunehmen», sagte Rita.

«Das ist der schwache Punkt im Plan Ihrer Auftraggeber», bestätigte die Präsidentin. «Erst recht, wenn Sie ihnen glaubhaft vorspiegeln, daß es Probleme gibt.»

«Das ist nicht ganz ungefährlich. Was fällt für uns dabei ab?» fragte ich.

«Ihr Leben», sagte sie. «Nichts Geringeres. Der Bund hätte Sie für Ihre Verbrechen zweifellos zum Tode verurteilt.»

«Der Bund ist so liberal wie ein mittelalterliches Inquisitionsgericht», bestätigte ich.

«Jedenfalls wäre das eine geeignete Methode, um herauszufinden, wer unsere Auftraggeber sind», sagte Rita nachdenklich. «Ich nehme an, es handelt sich um Verschwörer aus der Dritten Welt ...»

«Ja, für diese Vermutung spricht in der Tat einiges», sagte Raoul Weber. «Dem Bündnis der Dritte-Welt-Staaten kann nichts gelegener kommen, als unsere militärischen Abwehrmaßnahmen zu entschlüsseln. Aber es könnte sich auch um innenpolitische Gegner handeln.»

«Wen haben Sie denn dabei im Auge?» fragte ich. «Ihren Konkurrenten Ezard Spell?»

«Interessant, daß Sie ausgerechnet seinen Namen erwähnen, Ammer. Was wissen Sie über Spell?»

«Ich habe früher einmal in seinem Wahlkampfteam mitgearbeitet. Spell war Anwalt, bevor er sich ganz seiner politischen Laufbahn widmete. Er ist ein Politiker alter Couleur, verschlagen und skrupellos.»

«Einige sehr mächtige Wirtschaftsbosse wünschen sich, daß die Männer auch politisch ihre führende Rolle im Europäischen Bund zurückgewinnen», sagte die Präsidentin. Zu meiner Überraschung gebrauchte sie dabei fast die gleichen Worte wie Rita.

«Muß ich schon mal irgendwo gehört haben. Ist das ein Zitat?»

«Es stammt aus einem geheimen Sitzungsprotokoll Ezard Spells – als man die Strategien festlegte, um unsere demokratische grüne Regierung zu stürzen.»

«Zu stürzen oder abzuwählen?»

«Nennen Sie es meinethalben ‹abwählen›. In der Sache macht das kaum einen Unterschied.»

«Also mit legalen Mitteln?»

«Mit legalen *und* illegalen Mitteln.»

«Warum gehen Sie nicht gerichtlich gegen Ezard Spell vor, wenn Sie beweisen können, daß er sich illegaler Praktiken bedient?»

«Weil wir in einem Rechtsstaat leben. Die Gerichte würden mein Beweismaterial niemals anerkennen.»

«Es ist genauso illegal wie Spells Machenschaften?»

«In der Geschichte gab es noch nie eine Regierung, die völlig auf illegale Methoden verzichten konnte. Wer etwas anderes behauptet, versucht Ihnen Sand in die Augen zu streuen.»

«Sie glauben, Ezard Spell könnte Ritas Auftraggeber sein?»

«Ja, das wäre durchaus möglich.»

«Und welchen Vorteil sollte ihm das Wissen über EPOS-X verschaffen?»

«Das ist eine gute Frage», sagte Raoul Weber achselzuckend. «Momentan habe ich dafür noch keine Erklärung, wenn ich ehrlich bin.»

Ich versuchte in ihrem Gesicht zu lesen, ob diese Behauptung ernst gemeint war.

«Spricht das nicht eher dafür, daß es sich um eine Verschwörung der Dritte-Welt-Staaten handelt?» erkundigte sich Rita.

«Ja, schon möglich.»

Während wir miteinander sprachen, wanderte Dupins Blick aufmerksam zwischen uns hin und her. Er hatte die ganze Zeit über geschwiegen. Aber seine schwarze Haut war von feinen Schweißperlen bedeckt. Er schwitzte, obwohl der Raum ausgezeichnet klimatisiert war.

«Was sagen Sie dazu, Dupin?» fragte ich. «Ich meine, falls Sie unserer Sprache mächtig sind?»

«Ich bin der Leidtragende, wenn etwas bei Ihrem Plan schiefgeht», sagte Dupin und verzog mit übertriebener Wehleidigkeit das Gesicht. «Ursprünglich lautete mein Auftrag lediglich, EPOS-X nach UA zu bringen. Jetzt spiele ich den Lockvogel – wie mein Vorgänger!»

«Sie werden dabei besser bewacht als die Geldpresse des Grünen Bundes», sagte die Präsidentin. «Sie wissen doch, wieviel mir Ihre Dienste wert sind, Gerald? Und habe ich Ihnen nicht hoch und heilig versprochen, daß ich mich dafür erkenntlich zeigen werde? Ich hätte Sie nie darum gebeten, wenn es eine andere Möglichkeit gäbe, diese Verschwörer zu fassen.»

«Warum fühlen Sie den beiden Verrückten nicht mit Wahrheitsdrogen auf den Zahn?» fragte Dupin und deutete auf Rita. «Glauben Sie denn im Ernst, diese Frau weiß nicht, für wen sie arbeitet?»

«Wir verkehren nur virtuell miteinander», sagte Rita mit gespielter Entrüstung. «Der Code lautet EP-W-X-200-1351 – das habe ich bereits beim Verhör durch Leutnant Prosper zu Protokoll gegeben. Mehr weiß ich auch nicht – ob Sie mir das nun abnehmen oder nicht, Sie verdammter Ignorant!»

«Ich bitte Sie», sagte Raoul Weber. «Denken Sie daran, daß Sie noch ein Weilchen miteinander auskommen müssen. Im übrigen kann ich Sie beruhigen, Gerald. Sollte sich herausstellen, daß Rita Baré uns nicht die Wahrheit gesagt hat, wird das schwerwiegende Folgen für sie haben. Sie und der Rest des Teams stehen während der ganzen Operation unter der Kontrolle einer Spezialeinheit des Grünen Bundes.»

«Wer leitet diese Einheit?» fragte ich.

«Leutnant Prosper.»

NEUN Rita sah nicht sehr glücklich aus bei diesen Worten. Aber das war viel mehr, als ich noch vor wenigen Stunden hätte erhoffen können.

«Sie haben jede Art von technischer und logistischer Unterstützung», fuhr Raoul Weber fort. «Falls Sie erfolgreich sind und die Verschwörer fassen, zahlt Ihnen der Bund eine Prämie von 500 000 Euro.»

«Pro Person oder für uns beide?» erkundigte ich mich.

«Werd nicht unverschämt», flüsterte Rita. «Vor ein paar Minuten war nur von unserem Leben die Rede.»

Ich nickte der Präsidentin artig zu und machte das Siegeszeichen.

«Für zweihundertfünfzigtausend bekommen Sie die Verschwörer zu Postpaketen verpackt von mir in den Regierungssitz geliefert.»

Schwer zu sagen, ob sie diese Vorstellung originell fand.

Leutnant Prosper nahm uns in der Halle in Empfang. Wir fuhren in den Keller der Regierung, wo sich das Rechenzentrum befand.

Daß ich einmal so schnell und problemlos in das Allerheiligste des Demokratischen Grünen Bundes gelangen würde, hätte ich mir selbst in meinen kühnsten Träumen nicht ausgemalt. Die Zentrale war fast vollständig automatisiert. Lediglich in den Vorzimmern arbeiteten Programmierer und Datenexperten des Regierungsapparats und der Streitkräfte.

Ein vollautomatisches Identifizierungssystem, das in den Lampen an der Decke installiert war, überwachte uns auf Schritt und Tritt.

Das eigentliche Zentrum war ein ovaler Raum in den Farben des Bundes mit gewölbter Decke. Diffuses blaues Licht fiel aus einem Schacht in der Mitte, unter dem kreisförmig acht große Flachbildschirme angeordnet waren.

Leutnant Prosper schien hier ein und aus zu gehen, und auch Gerald Dupin kannte sich bestens aus. Schließlich war er vor seiner Mission Sekretär im Unterausschuß des Außenministeriums gewesen, Fachbereich Datenverschlüsselung. Prosper holte ein paar Stadtpläne und Umgebungskarten auf den Bildschirm und ließ den Computer die Überwachungsstationen markieren.

«Wir haben uns überlegt, daß Sie beide und Dupin ausschließlich in kontrollierten Bereichen operieren.»

«Was heißt kontrolliert?» fragte ich.

«Daß wir vollständige Kontrolle über jeden Quadratmeter besitzen, optisch, akustisch und im Datenübertragungsbereich.»

«Haben Sie die denn nicht längst im ganzen Bund?»

«Nein.» Leutnant Prosper lachte amüsiert. «Da überschätzt die Öffentlichkeit unsere technischen Möglichkeiten. Teile einiger Großstädte im Bund sind vollständig unter Kontrolle, das ist richtig. An den übrigen Bereichen wird noch gearbeitet. Sie können davon ausgehen, daß die kontrollierten Flächen täglich um 0,0027 Prozent wachsen. Aber dafür ist auch ein Heer von Technikern unterwegs.»

«Beruhigt mich, daß George Orwell sich ein wenig verschätzt hat.»

«Orwell?» fragte Prosper. «Wer ist das?»

«Unser kleiner Detektiv liest heimlich historische Romane», erklärte Rita.

«Sie geben sich mit solch destruktivem Zeug ab?»

Dabei spielte Prosper auf das unausgesprochene Verbot an, sich mit der Literatur der Vergangenheit auseinanderzusetzen. Das alte Denken war inzwischen genauso verpönt wie das Klonen. Die Psychologen des Bundes waren irgendwann zu der Erkenntnis gelangt, daß die Freude am Negativen – an der Gewalt, am Verbrechen, welcher Form auch immer – in den alten Kulturen einen wesentlichen Beitrag zu ihrem Niedergang geleistet hatte.

«Ich sage mir immer: *Man muß die Fehler der Vergangenheit kennen, um die Fehler der Zukunft vermeiden zu können.* Und was eignet sich dafür besser als die alte Literatur?»

Leutnant Prosper wandte sich achzelzuckend dem Bildschirm zu. Er war nicht der Typ des Eiferers oder Fundamentalisten.

«Sehen Sie das flache Gebäude zwischen den beiden Hochhäusern?» fragte er. «Da locken wir sie in die Falle.»

«Es hat nur eine Zufahrt», sagte ich.

«In den Tiefgaragen gibt es Verbindungstüren zu den angrenzenden Versicherungsgebäuden. Die beiden ersten Etagen sind von einer oppositionellen Gruppe angemietet. Kein großer Verein, nur ein paar Wirrköpfe. Das dürfte Ritas Hintermänner in Sicherheit wiegen. Sie bewegen sich in den Reihen der Opposition.»

«Was sind das für Leute?» erkundigte sich Rita.

«Wissenschaftler, Kritiker des Systems, die glauben, sie könnten uns bei der nächsten Wahl Schaden zufügen.»

«Haben diese Leute auch Namen?» fragte ich.

«Hal Gordon, ein britischer Neurologe und Informatiker, Winston Hare ...»

«Ist das nicht der junge englische Hacker, der kürzlich bewiesen hat, daß alle gegenwärtigen digitalen Nachrichtenverschlüsselungssysteme geknackt werden können?»

«Ja, Winston Hare hat sich inzwischen der Opposition angeschlossen. Kopf der Gruppe ist der Umweltkritiker Ernst Bahr.»

«Könnten diese Leute uns nicht in die Quere kommen?»

Prosper machte eine wegwerfende Handbewegung.

«Wir können sie jederzeit verhaften lassen – wegen illegaler Umtriebe. Aber momentan sind sie uns noch nützlich. Daß Sie Dupin ausgerechnet dort auf den Zahn fühlen, Rita, wird auf Ihre Hintermänner eher unverdächtig wirken.»

«Wie haben wir Dupin in unsere Gewalt bekommen? Wieso wissen wir überhaupt von ihm? Eigentlich lebt Dupin nicht mehr. Wir waren Zeugen, wie er von den Scharfschützen der Polizei hingerichtet wurde.»

«Keine Ahnung. Es muß vor allem glaubwürdig wirken.»

«Man wird das genau überprüfen», sagte ich.

«Was, wenn wir ihn bei einem Techtelmechtel im Hotel überraschen?» sagte Rita. Sie deutete auf das benachbarte VIQUIM-Hotel.

VIQUIM war berühmt für seinen Service und bot sogar eine eigene Blutwäsche an. Es besaß einen unterirdischen tropischen Park mit Sandstrand, ein halbes Dutzend Nachtclubs und zwei holographische Kinos. Die Politiker stiegen im VIQUIM ab, weil es nirgendwo so viele alleinstehende junge Frauen gab, die auf Abenteuer aus waren.

«VIQUIM wäre die erste Wahl», bestätigte Prosper. «Aber wie ist Dupin dort hingekommen? Wie haben Sie seine Spur aufgenommen?»

«Raoul Weber hat ihn wie den ersten Dupin nach Frankfurt geschickt, um auf dem kürzesten Weg vom Interkontinentalflughafen nach New York zu fliegen», überlegte ich. «Aber Dupin ist zu Recht beunruhigt. Also will er noch mal kurz mit seiner großen Liebe Kontakt aufnehmen. Die arbeitet nebenan im Regierungsviertel. Was eignet sich besser für ein schnelles Stelldichein als das VIQUIM-Hotel?»

«Ihre Geschichte hat nur einen Fehler», sagte Dupin. «Ich *habe* keine Freundin im Regierungsviertel.»

«Aber ich könnte Ihnen eine besorgen. Ein farbiges Mädchen namens Celia Dreig. Sie arbeitet fünf Häuser weiter in der Presseabteilung.»

«Und das soll man uns abnehmen?»

«Lassen wir's einfach drauf ankommen. Celia ist ein völlig unbeschriebenes Blatt.»

«Ich weiß nicht», sagte Dupin. «Wozu überhaupt die Geschichte mit dem Mädchen?»

«Wir brauchen einen glaubwürdigen Hintergrund, um Sie hopszunehmen. Sie steigen im Hotel ab, weil Sie Celia sehen wollen. Das *ist* ein glaubwürdiger Hintergrund», sagte ich.

«Finde ich nicht schlecht», sagte Rita. «Prosper, was halten Sie davon?»

«Einverstanden. Besorgen Sie uns das Mädchen.»

Ich ging durch die Absperrung und dann eine Treppe hinauf, die an der Galerie endete. Die Mädchen hinter den Scheiben waren ausnahmslos hübsch und intelligent, und das lag zu hundert Prozent an dem Knaben, der auf der Plattform über den Büros residierte. Kurt Galanter hatte ein Faible für schöne Frauen. Er machte keinen Hehl daraus, daß weibliche Schönheit seinen Arbeitseifer beflügelte. Galanter beherrschte den Presseapparat der Regierung.

Ich gab mir Mühe, unbemerkt in Celias Büro zu gelangen. Galanter war einer meiner unzufriedenen Klienten. Er reagierte überaus allergisch, wenn er mich sah. Ich glaube, er forderte sogar sein Honorar zurück. Vielleicht war er ja der Kunde, der mich aufforderte, einen Vorschuß von 1200 Euro zurückzuzahlen.

Celia wandte mir den Rücken zu, als ich eintrat. Sie stammte aus Gambia. Schwarze Mädchen hatten es im Bund schwerer als weiße. Es war das alte Lied, daran würde sich auch so schnell nichts ändern. Die Anforderungen hatten aus ihr einen anderen Menschen gemacht. Man mußte ihr nicht erst ausführlich erklären, wo es langging.

Ich erklärte ihr kurz die Situation – nur so viel, wie sie wirklich wissen mußte – und versprach ihr, daß sie automatisch in der Beförderungsliste an die erste Stelle rücken würde.

«Ist es gefährlich?»

«Schwer abzuschätzen. Wir spielen ein paar Leuten, die wir nicht kennen, eine Komödie vor. Keine Ahnung, wie sie darauf reagieren werden, wenn's schiefgeht.»

«Was ist dieser Dupin für ein Mann?»

«Arrogant, mißtrauisch. Neigt zum Jähzorn, würde ich sagen. Traut dem eigenen System nicht so über den Weg, wie er vorgibt. Sieht gut aus.»

«Das ist der entscheidende Punkt», lachte sie. «Mißtrauisch, jähzornig und arrogant sind sie doch alle, oder?»

«Mit der einen berühmten Ausnahme», sagte ich und legte mir die Hand auf die Brust.

«Bin ich froh, daß wir nichts mehr miteinander haben», seufzte sie. «Anscheinend bist du noch genauso eingebildet wie früher.»

«Es ist der Überlebenskampf in diesem System, der mich adelt. Du triffst Dupin heute abend um 19 Uhr im VIQUIM-Hotel. Zimmer 207. Du kennst ihn aus seiner Heimat, aus Nigeria. Das ist für die andere Seite schwer zu überprüfen.»

«Okay, wie weit muß ich gehen? Ich meine …»

«Keine Sorge, so weit kommt es nicht. Wir stürmen das Zimmer, schnappen uns Dupin und bringen ihn unauffällig mit dem Personalaufzug in die Tiefgarage.»

«Hört sich einfach an.»

«In der Zwischenzeit alarmierst du die Hotelleitung. Du schilderst ihnen dein Tête-à-tête mit Dupin und wie er von uns entführt wurde. Du kennst uns nicht, aber du gibst eine genaue Personenbeschreibung ab. Beklage dich darüber, wie brutal wir waren.»

Ich fuhr hinüber zum Büro der oppositionellen Gruppe, bevor es losging, um mir die Räumlichkeiten anzusehen, und weil ich sichergehen wollte, mit wem ich es zu tun hatte.

Die beiden Etagen, die sie angemietet hatte, sahen aus wie ein alternatives Zigeunerlager.

Es gab keinen Schreibtisch, der nicht mit Schriftstücken und Informationsmaterial übersät war.

Eine junge Frau in Turnschuhen und Jeans nahm mich in Empfang, gab mir eine kurze Einführung in den Sinn und Zweck des Vereins und forderte mich auf, Geld zu spenden.

«Spende?» fragte ich. «Sie können *Ihre* Spende auf mein folgendes Konto überweisen …»

Aber ehe ich meine Karten aus der Brieftasche nehmen konnte, reichte sie mich lächelnd weiter an ihren «zuständigen Mitarbeiter», einen pickeligen Jüngling mit altmodischer Hornbrille und hageren Wangen.

«Sind Sie nicht Winston Hare, der berühmte englische Hacker, der die Weltwirtschaft …?»

«Die Weltwirtschaft ist nicht an meiner Dechiffrierung der Nachrichtenverschlüsselungssysteme zugrunde gegangen, sondern an ihrer eigenen Habgier», sagte er.

«Ja, natürlich …»

«Nehmen Sie nur die neuesten Versuche, einen der Jupitermonde zu sprengen, weil sich sein Kern besser als jeder andere zur Datenverschlüsselung eignet. Sie ruinieren das Sonnensystem, um ihre militärische Vorherrschaft zu sichern.»

«Ja, ich habe davon gehört. Einige Kritiker befürchten, es könne die Statik des Sonnensystems beeinflussen.»

«Es wird vor allem dazu dienen, Menschen zu unterdrükken.»

«Militärisch meinen Sie?»

«Und zur inneren Kontrolle. Polizei und Geheimdienste

erhalten durch das Metall *Zerennium* abhörsichere Leitungen. Ausweischips werden fälschungssicher. In der Praxis bedeutet das: Niemand kann kontrollieren, welche persönlichen Daten wirklich auf Ihren Ausweisen gespeichert sind – negative Beurteilungen, Vorstrafen, Wahlverhalten, genetische Krankheiten und so weiter.»

«Aber Sie haben gegen das alles ein Patentrezept?» fragte ich. «Wie jede gute Opposition?»

«Wir arbeiten daran, das System zu ändern. Einige der berühmtesten wissenschaftlichen Köpfe Europas haben sich zu diesem Zweck zusammengeschlossen – Hal Gordon, Ernst Bahr. Möchten Sie der Organisation beitreten?»

Er zog mit geradezu schlafwandlerischer Sicherheit ein Formular aus dem Papierberg des Schreibtisches.

«Ich bin mir noch nicht ganz schlüssig, ehrlich gesagt. Wie nennen Sie Ihre Bewegung?»

«Sie hat keinen Namen. Wir möchten vermeiden, durch einen Namen abgestempelt zu werden.»

«Verstehe. Aber Sie opponieren doch bei der nächsten Wahl gegen die Regierung. Dann müssen Sie Ihrem Verein auch einen Namen geben. Es wäre für die Öffentlichkeit sehr schwer verständlich, wenn Sie anonym blieben.»

«So weit wird es die Regierung gar nicht erst kommen lassen», sagte er und sah mich aufmerksam an.

«Nicht? Wieso?»

«Weil man uns rechtzeitig für illegal erklären wird.»

«Anscheinend setzen Sie wenig Vertrauen in die Regierung.»

«Das System ist bankrott. Uns fehlen nur noch die Beweise, das der Öffentlichkeit klarzumachen ...»

«Entschuldigen Sie, daß ich mich in Ihr Gespräch einmische», sagte eine Stimme in meinem Rücken. «Bankrott erscheint Ihnen vielleicht ein etwas zu starker Ausdruck.

Aber dem Demokratischen Grünen Bund gelingt es schon seit langem nicht mehr, seine zweieinhalb Milliarden Einwohner auf ökologische Weise zu versorgen.»

Der Mann hinter mir trug eine braune Cordjacke mit ledernen Ärmelschonern. Sein Gesicht war hager. Es wirkte, als litte er an allen Problemen der Welt.

«Gestatten?» Er streckte seine Hand aus. «Ernst Bahr.»

«Frank Ammer.»

«Sie interessieren sich für unsere Ziele?»

«Sagen wir mal, ich bin noch auf der Suche. Ihr junger Freund hier scheint ja wenig optimistisch zu sein, was Ihre Zukunft anbelangt.»

«Nun, das liegt daran, daß wir den Finger auf einige wunde Punkte des Systems legen. Das kann der Präsidentin nicht gefallen.»

«Was wären das für wunde Punkte?»

«Geheime unterirdische Giga-Atomkraftwerke der fünften Generation versorgen das Land immer noch auf hochriskante Weise mit Energie. Unser angeblich so ungefährlicher Fusionsmotor verseucht die Umwelt. Die auffallend hohe Sterberate in Europa, die in Wirklichkeit auf Giftstoffe zurückzuführen ist, wird als Unfalltote deklariert. Besonders verheerend ist der Einfluß von Umweltbelastungen auf das Hormonsystem des Menschen ...»

Es hörte sich an, als hätte er die Seite eines Parteiprogramms auswendig gelernt.

«Und gibt es dafür auch Beweise?»

«Keine Beweise, die vor den europäischen Gerichten standhalten können. Mein Kollege Hal Gordon ist Neurologe», sagte er und zeigte auf einen weißbärtigen Mann mittleren Alters, der von einer Gruppe Schüler umringt war. «Er kann Ihnen am besten erläutern, warum wir glauben, daß das System kurz vor dem Kollaps steht.»

Hal Gordon war Politprofi. Nach einer halben Stunde Einführung ins Parteiprogramm hatte ich das Gefühl, schon seit Jahren Mitglied zu sein. Erst als er mir noch einmal wie beiläufig das Beitrittsformular hinschob, fühlte ich mich plötzlich in die harte Wirklichkeit zurückversetzt.

«Eigentlich bin ich nur auf dem Weg in die dritte Etage», sagte ich entschuldigend. «Womöglich werden wir ja Nachbarn.»

«Sie wollen die Etage über uns mieten?»

«Leider hat der Vermieter es versäumt, mir den Schlüssel auszuhändigen.»

«Oh, damit kann ich Ihnen wahrscheinlich aushelfen ...» Er winkte mich zu einem Schlüsselkasten neben der Tür. «Der Hauswirt ist Mitglied unserer Partei. Er mag das elektronische Zeug genauso wenig wie wir», sagte er und reichte mir einen altmodischen Zylinderschlüssel.

Ich wog ihn in der Hand. Manchmal geht die Vorsehung wunderliche Wege! Prosper hatte mir zwar die Magnetkarten für das VIQUIM-Hotel besorgt, aber keinen Schlüssel für dieses Gebäude.

ZEHN Dupin kam mit fünfzehn Minuten Verspätung. Ich saß nahe der Rezeption in einem der tiefen Clubsessel, die Abendausgabe des *Brüssel-Kurier* in der Hand, als er die Halle betrat. Er trug einen grauen Anzug und hielt in jeder Hand eine weinrote Ledertasche.

Irgend etwas ist faul, dachte ich, als ich sein Gesicht sah. Vielleicht mißfiel ihm seine Rolle? Vielleicht war er schwul? Oder, noch wahrscheinlicher, er dachte daran, auf welch schäbige Weise sein Vorgänger zu Tode gekommen war.

Celia wartete bereits auf dem Zimmer.

Der Portier nahm ein gelbes Kuvert aus dem Fach und deutete nach oben.

«Was ist das für ein Kuvert, verdammt noch mal?» flüsterte ich in das Mikrofon an meinem Hemdkragen.

Rita saß auf der Zwischenetage. Wir hatten Blickkontakt, wenn sie sich hinter dem japanischen Ginkgo-Baum vorbeugte.

«Keine Ahnung.»

«Laß ihn nicht aus den Augen.»

«Ziemlich schwierig, wenn er allein im Fahrstuhl ist, oder?»

Ich stand auf und ging hinüber zur Theke der Rezeption.

«Entschuldigen Sie … der Herr im grauen Anzug eben. Wären Sie wohl so freundlich, mir seine Zimmernummer zu verraten?»

Der Portier war einer von der alten Schule. Er hatte lange rote Koteletten, und seine gewitzten kleinen Schweinsäuglein sahen mich so belustigt an, als hätte ich ihm einen unsittlichen Antrag gemacht.

«Bedauere, aber wir sind zur Diskretion verpflichtet. Kennen Sie den Herrn?»

«Würden Sie mir dann freundlicherweise sagen, von wem der gelbe Briefumschlag stammt, den Sie ihm gerade ausgehändigt haben?»

Er starrte mich mit halbgeöffnetem Mund an.

«Das ist nicht Ihr Ernst, oder? Unsere Diskretion verbietet es uns …»

«Ich weiß, ich weiß … hat sich schon erledigt», unterbrach ich ihn. «Mir ist gerade wieder Gerald Dupins Zimmernummer eingefallen – 207, nicht wahr? Wir teilen uns nämlich das Doppelbett wegen des hohen Zimmerpreises».

«Nein, das ist …» Er sah mich unschlüssig an. Aber dann zog ein verstehendes Grinsen über sein Gesicht. Ich versuchte mich offenbar auf seine Kosten über ihn lustig zu machen. Aber ein Portier des VIQUIM stand über solchen Spielchen. Er würde sich beim polizeilichen Verhör bestimmt an mich erinnern.

In der zweiten Etage öffnete ich erst mit der Magnetkarte, die mir Prosper gegeben hatte, den Lastenaufzug und blokkierte das Infrarotauge mit einem Stück Klebestreifen. Ich deckte es dabei mit meinem Körper ab, denn die automatische Kamera an der Decke des Gangs verfolgte jede meiner Bewegungen, als ich zum Zimmer 207 ging. Wir würden die Szene von Dupins Entführung so echt wie möglich spielen müssen, um glaubhaft zu sein. Ich zweifelte nicht daran, daß Ritas Hintermänner den Film in die Finger bekamen.

Ich klopfte, und fast im selben Moment wurde die Tür geöffnet.

Celia Dreig stand nackt vor mir. Ihre dunkle Haut sah verführerischer aus denn je.

«Wo ist er?» fragte sie.

«Wo ist wer?»

«Na, Gerald Dupin …»

Ich legte meinen Finger vor die Lippen und schob sie ins Zimmer.

«Wieso, was ist passiert?»

«Er war hier, aber nur für zwei Minuten. Er wühlte in seinen Sachen und sagte, er müsse noch mal weg, weil er etwas Wichtiges vergessen habe.»

«Das da auf dem Stuhl ist seine Tasche?»

«Der Brief auf dem Tisch gehört ihm auch …»

Ich sah in die Tasche, doch sie enthielt nur ein paar Sachen: Rasier- und Waschzeug, Unterwäsche und einen Ausweis für die Brüsseler Metro. Dann öffnete ich den gelben

Umschlag, den Dupin an der Rezeption erhalten hatte, und las die handgeschriebenen Zeilen:

Versuchen Sie nicht, mich zu finden, Ammer! Das ist völlig aussichtslos. Ich habe beschlossen, in diesem verdammten Spiel nicht mehr länger mitzuspielen. Ich gebe kein Opferlamm ab!

Dupin

Er hatte offenbar Sinn für Humor. Wozu die kleine Theateraufführung an der Rezeption?

Doch dann drehte ich den Brief um und sah, daß er auf der Rückseite ordentlich mit Maschine beschriftet war. Der Text war ohne Absender und lautete:

Dupin! Wir wissen durch unsere Kontaktperson im innersten Zirkel der Präsidentin, daß Sie uns in eine Falle locken wollen. Wir werden Sie, Ammer und Baré liquidieren!

Das war Klartext. Und kein Wort zuviel. Er hatte sich aus dem Staub gemacht. Ich faltete den Brief und steckte ihn in die Jackentasche.

«Okay, Kleines, zieh dich wieder an. Uns ist was dazwischengekommen. Verschwinde und erzähl niemandem, was passiert ist.

Ich küßte sie sanft auf den Hals.

Sie musterte mich ungläubig. Aber dann nahm sie ihre Sachen vom Sessel und begann sich anzuziehen.

«Jetzt geht es um unser Leben», sagte ich ins Mikrofon, als Celia gegangen war. «Laß uns hier verschwinden.»

«Wo ist Dupin?» fragte Rita.

«Weg. Wir treffen uns in zwei Minuten in der Tiefgarage.»

Wenn Prosper uns abhörte, woran ich keinen Moment zweifelte, dann würde er mindestens fünf Minuten brauchen, um mit seinen Leuten das Hotel abzuriegeln – es sei denn, sie verfügten über die elektronische Kontrolle aller Gebäude im Viertel und konnten die Ein- und Ausgänge schließen.

Aber die Fahrstuhltüren öffneten sich ohne Schwierigkeiten, und ich lief auf den schwarzen Chrysler zu, der im Schatten der Säulen parkte.

Rita saß bereits hinter dem Steuer.

Ich stieg ein und reichte ihr den Brief.

«Lies beide Seiten ...»

«Lieber Himmel!» sagte sie nach einem kurzen Blick. «Glaubst du, daß es echt ist?»

«Ist das die Art, wie deine Leute Kontakt aufnehmen?»

«Nein.»

«Wenn Dupin es nur fingiert hat, sehen wir alt aus.»

«Und wenn's echt ist, sehen wir genauso schlecht aus.»

«500 000 Euro ade ...»

Rita zuckte die Achseln. «Ich habe nie an eine so hohe Fangprämie geglaubt.»

«Wenn die Präsidentin uns nicht mehr braucht, wird sie uns dem Gerichtshof zum Fraß vorwerfen.»

«Also laß uns schleunigst aus Europa verschwinden.»

«Was, wenn du erst mal deine Leute verständigst?» schlug ich vor. «Ich meine, um sicherzugehen?»

«Dupin ist untergetaucht. Soll ich mir anhören, wie begeistert sie darüber sind? Nein, die Sache ist erledigt.»

Wir fuhren durch die unterirdische Zufahrt auf den Highway hinaus. Der Verkehr war um diese Zeit nur schwach. Die meisten Angestellten hatten ihre Büros längst verlassen, und für die Rückfahrt aus den Kaufhäusern und Vergnügungscentern war es noch zu früh.

Unser Wagen würde automatisch geortet werden, deshalb bog ich an der nächsten Ausfahrt ab.

Ich hielt neben einem roten Jaguar.

«Was hältst du von dem, Rita?»

«Ein *Zapper-Volt* wär mir lieber. Glaubst du, du kannst ihn knacken, Frank?»

«Alte Türschlösser», sagte ich wegwerfend. «Und keine Antenne auf dem Dach! Sieht so aus, als wäre er nicht ans internationale Navigationssystem angeschlossen.»

Das Türschloß war kein Problem. Für das Zündschloß mußte ich erst die Armaturenabdeckung öffnen.

Es war das Standardmodell aus dem Jahr 2750. Seitdem hatte sich bei den konventionellen Wagenmodellen nicht mehr viel getan. Es gab eine Grenze der Entwicklung. Irgendwann ließ sich die Technik nicht mehr verbessern. Ich legte eine Spannungsbrücke auf die Pole des Ein- und Ausschalters und startete den Fusionsmotor.

«Das Fahrzeug gehört einem alten General», sagte ich mit Blick auf den Bildschirm. «Liegt zur Zeit mit Prostataproblemen im Querenze-Hospital.»

«Der wird uns keine Schwierigkeiten machen.»

«Welche Richtung?» fragte ich.

«Vielleicht sollten wir den Bund über Frankfurt verlassen?»

«Interkontinentalflughafen?»

«Den Flughafen werden sie besonders gut überwachen. Aber wir könnten es mit unseren alten Uniformen im Flughafenbüro versuchen.»

«Gute Idee ...»

Nach etwa fünf Stunden Fahrt bogen wir zu einem Motel ab. Es war ein flacher, alter Backsteinbau aus dem vorigen Jahrtausend. Zwei gelbe Bogenlampen über dem Eingang beleuchteten ein Schild, auf dem zu lesen stand:

Harper's einzigartiges Nostalgie-Motel. Sie wohnen im Wohnstil des Jahres 2500!

Der Inhaber war ein alter Knabe mit Seehundbart. Er sammelte «Gendefekte» aus dem Tierreich. Sein kleiner Privatzoo hinter dem Haus beherbergte unter anderem ein Kaninchen mit drei Ohren.

Daß wir kein Gepäck bei uns hatten, interessierte ihn nicht. Er fragte nicht mal nach unseren Chipkarten. Seit der großen Steuerreform nahmen es die meisten Hoteliers nicht mehr sehr genau mit den Anmeldungen.

Wir tranken ein paar Synthetiks mit ihm, und er zauberte eine dreiflügelige weiße Taube aus seinem Privatzoo auf seine Schulter. Der dritte Flügel diente offenbar als Höhenruder.

«Damit schwebt sie wie ein Adler durch die Lüfte», erklärte er stolz.

«Sind das Ihre eigenen Genexperimente?» fragte ich.

«Nein, ich bin nur Sammler. Im Bund gibt es genügend Verrückte, die illegal Gott spielen und in die Schöpfung eingreifen wollen. Ich gebe diesen armen Kreaturen ein Zuhause.»

Wir tranken noch eine weitere Flasche Synthetik.

Er ließ eine dressierte Maus über den Tisch laufen, deren Intelligenzquotient durch Manipulation ihrer Gehirngene angeblich höher war als der eines Menschen.

Harpers Gesicht war vom Schnaps leicht gerötet. Mittlerweile mußte er sich mit einer Hand an der Tischkante festhalten.

«Was meinen Sie, mischt man dem Zeug heimlich *Emo* bei?» erkundigte er sich listig lächelnd. «Früher hab ich mich nie so bedudelt davon gefühlt.»

«Sie meinen, um unsere Schwierigkeiten erträglicher zu machen?» fragte Rita.

«Etwa dreißig Prozent aller Unternehmen im Bund sind pleite und überleben nur noch durch Regierungskredite.»

«Ich weiß nicht», sagte ich. «Niemand kann genau sagen, was sie mit uns machen.»

Rita war müde. Anfangs hatte sie noch aufgemerkt, wenn Autoscheinwerfer vom Highway über das Gelände des Motels huschten – als hätten uns Prospers Leute trotz aller Vorsichtsmaßnahmen doch noch gefunden. Aber jetzt hielt sie sich nur noch mit beiden Händen am Tisch fest, genauso wie Harper.

«Was meinen Sie, genehmigen wir uns noch eine Flasche?» fragte Harper. «Ich könnte uns was zu essen machen.»

«Wir haben unser Gepäck bei unseren Bekannten in Brüssel vergessen», sagte Rita. «Wenn Sie mir eine Zahnbürste und ein Stück Seife besorgen könnten, wäre ich Ihnen wirklich dankbar.»

«Hab mich schon gewundert», sagte er. «Irgendwas ist faul mit Ihnen, oder? Sind Sie auf der Flucht?»

«Auf der Flucht, nein, wieso?» fragte ich.

«Ihre Freundin ist mir ein wenig zu schreckhaft. Und sie sieht dauernd aus dem Fenster …»

«Ritas Freund ist hinter uns her», sagte ich. «Er ist ziemlich eifersüchtig. Verraten Sie um Gottes willen niemandem, daß wir hier waren.»

Danach gingen wir aufs Zimmer.

«Du schläfst auf der Couch», verkündete Rita.

«Wo wir bald auf Guernsey eine Familie gründen wollen?»

«Als wenn irgendeine Frau auf der Welt mit dir nach Guernsey gehen würde.»

«Danke für das Kompliment.»

Ich liebte dieses Ritual in unserer Beziehung.

ELF Der nächste Tag war keiner jener Tage, die ich im nachhinein als glückliche Fügung bezeichnen würde. Wir trafen gegen Mittag in Frankfurt ein, und das schmierige kleine Hotel, in dem wir abstiegen, entlockte Rita nur einen Schrei des Entsetzens:

«Müssen wir wirklich in diesem Loch wohnen?»

«Denk an die Käfige im Hof der Polizeizentrale», sagte ich. «Was uns da erwartet, ist noch eine Nummer ungemütlicher.»

Sie ließ sich auf das durchgelegene Doppelbett plumpsen, und im Sonnenlicht, das durch das Fenster fiel, stieg eine feine Wolke aus winzigen Staubpartikeln auf.

«Wie lange, glaubst du, müssen wir hier wohnen?»

«Bis wir einen sicheren Fluchtweg gefunden haben. Drei, vier Tage, wenn alles gutgeht.»

Ich wollte bei einem Kurierdienst anheuern, der den außereuropäischen Raum bediente. Um eingestellt zu werden, brauchten wir falsche Papiere. Ideal war ein Dienst, der nach New York ging. Das würde uns weitere Kontrollen an anderen Flughäfen ersparen. In Frankfurt kannte ich einen Chipkartenfälscher, aber er verlangte 500 Euro pro Person. Rita wollte das Geld über einen Freund in Paris besorgen. Das alles brauchte Zeit.

Bei unserem ersten Besuch am Flughafen stellte sich heraus, daß wir immer noch Zugang zum Zollbereich besaßen. Auch der Code zum elektronischen Projektionssystem der Europäischen Einwohnerdatenbank war noch nicht geändert worden.

Wir zogen sicherheitshalber die schwarzen Regierungsuniformen mit den grün-weiß-gelben Flaggen des Bundes an. Dann öffnete ich den Hängeschrank und sah in den Sehschlitz des Safes. Das blinkende grüne Signal bestätigte mir wieder, daß ich autorisiert war, den Türverschluß zu betätigen. Ich nahm die Kunststoffmappe heraus und schüttete ihren Inhalt auf den Tisch.

«Auf wen geht diese Kreditkarte?» fragte ich.

«Meine Karte hab ich ja völlig vergessen», sagte Rita verblüfft. «Die hat man uns für unvorhergesehene Ereignisse überlassen – 20 000 Euro Limit, glaube ich.»

«Wenn sie nicht gesperrt ist, könnte es bedeuten, daß Dupin versucht, uns an der Nase herumzuführen», sagte ich nachdenklich.

«Und wenn sie gesperrt ist, wissen sie, daß wir uns in Frankfurt aufhalten ...»

«Das Risiko müssen wir eingehen. Wir brauchen Geld für unsere Papiere. Mit den Uniformen kommen wir nicht ins Flugzeug.»

Rita gab ein paar Codes und dann Dupins Namen in das Informationssystem ein, und wie beim erstenmal erschien wieder Dupins Bild mit seinen persönlichen Daten auf dem Bildschirm.

«Was hältst du davon, wenn wir mal in unseren Uniformen zu einer der Interkontinentalmaschinen rüberlaufen?» fragte sie, als sie sich wieder nach mir umwandte. «Einfach so zur Probe?»

«Ohne Papiere?»

«Ist doch einen Versuch wert?»

«Nein, zu hohes Risiko.»

«Ja, vielleicht hast du recht.»

Wir zogen uns wieder um. Dann ließen wir uns mit Ritas Kreditkarte 5000 Euro am Automaten in der Abflughalle auszahlen.

Als wir mit dem Lufttaxi zum Hotel zurückflogen, griff Rita nach meinem Arm.

«Sieh dir das an ...», sagte sie vorgebeugt und zeigte auf die Straße unter uns. «Da ist Dupin!»

«Können Sie auf dem Flachdach des Supermarkts landen?» fragte ich, zum Fahrer gewandt.

Fünf Minuten später standen wir am Ausgang des Supermarkts. Dupin trug wieder einen grauen Anzug. Die Einkaufstüte in seiner Hand deutete darauf hin, daß er nicht in einem Hotel Unterschlupf gesucht hatte.

Er nahm kein Taxi, sondern ging in Richtung des Bahnhofsviertels, wo auch unser Hotel lag. Wir folgten ihm in einiger Entfernung durch die Straßen.

Er hielt an der Treppe zu einem Apartmenthaus. Es war ein schäbiger Bau für Angestellte der Verwaltung.

Rita behielt von dem kleinen Café auf der anderen Straßenseite aus den Eingang im Auge, während ich das Haus inspizierte.

Dupin fuhr zur fünften Etage hinauf. Ich nahm den Nachbarfahrstuhl. Als sich die Tür öffnete, war er bereits am Ende des Ganges. Er setzte seine Einkaufstüte ab und öffnete mit der Magnetkarte.

Ich ging hinüber und las das Schild an seiner Zimmertür: *D. Zimmermann.*

Wenn er auch Papiere besaß, die auf diesen Namen lauteten, würde er in der öffentlich zugänglichen Liste des Flughafenterminals zu finden sein, falls er das Land verlassen wollte.

Also kehrte ich in die Halle zurück und gab den Namen in einen der beiden Hauscomputer neben der leeren Portiersloge ein.

Aber offenbar plante kein «D. Zimmermann», in den nächsten Tagen auf legalem Weg Europa zu verlassen.

Ich ging hinüber ins Café und setzte mich an Ritas Tisch.

«Was nun?» fragte sie.

«Wir beobachten ihn, bis wir wissen, was er vorhat.»

«Das kann ich dir sagen, Frank. Inzwischen schwankt er

nicht mehr, ob er seine Informationen zu Geld machen oder nach New York fliegen soll.»

«Das war von Anfang an der Verdacht deiner Auftraggeber, oder?»

«Na, sagen wir mal, sie haben darauf spekuliert. Schließlich sind Dupins Informationen ein Vermögen wert. Er weiß, daß man seinen Klon ohne Skrupel getötet hat. Also hat er keinen Grund mehr, Raoul Webers Versprechungen zu trauen.»

«Dann solltest du dich jetzt mit deinen Auftraggebern in Verbindung setzen.»

«Vielleicht.»

«Was heißt ‹vielleicht›?» Ich musterte sie überrascht. «Könnte es sein, daß da gerade jemand versucht, etwas mehr Geld für sich selbst herauszuschlagen?»

«Meine Auftraggeber haben keinen Finger gerührt, als wir in den Händen des Bundes waren.»

«Ah, daher weht der Wind ... Wären wir denn allein überhaupt in der Lage, an Dupins Informationen zu gelangen? Ohne technische Hilfe?»

«Was wir brauchen, ist lediglich einer der neuen Hochleistungscomputer.»

«Kein Regierungscomputer?»

«Nicht, wenn wir den Code zu Dupins Daten haben.»

«Aber haben wir den denn?»

«Es ist die dreizehnstellige Zahl, die Dupin Nummer 1 damals eingab.»

«Na, wunderbar. Ich erinnere mich nicht mal mehr an die erste Zahl ...»

«Aber ich», sagte sie und schrieb den Code auf die Rückseite ihres Rechnungsbons.

«Du hast ihn dir merken können?»

«Das ist schließlich mein Job, oder? Ich habe ein eidetisches Gedächtnis. Ich sehe alles in deutlichen Bildern vor mir. Das hat mir damals bei den Prüfungen als Programmiererin einen großen Vorteil verschafft.»

«Glaubst du denn, es war der echte Code? Und wenn ja, werden sie ihn nicht vorsichtshalber ausgetauscht haben?»

«Erinnerst du dich an die graphisch aufbereiteten Basenfolgen von Dupins DNS, die den Zugangscode von EPOS-X und den Schlüssel zu den Daten des Codierungssystems darstellten? Es gibt nicht viele Möglichkeiten, einen solchen Code zu installieren, weil es vom Erbmaterial abhängt. Man findet den Code nie, wenn man ihn nicht kennt. Aber sobald er entschlüsselt ist, sieht man, daß er beim jeweiligen genetischen Material kaum anders lauten könnte. Es gibt vielleicht drei oder vier Möglichkeiten. Man muß das Prinzip kennen, dann kann man diese Möglichkeiten durchprobieren. Deshalb glaube ich, der echte Dupin ist genauso programmiert wie sein Klon.»

«Das ist für mich Programmiererlatein», sagte ich. «Heißt das, wir könnten ihn problemlos anzapfen?»

«Sobald wir ihn in den Fingern haben, ja. Aber wir sollten erst mal abwarten, mit wem er Kontakt aufnimmt.»

ZWÖLF Dupin verbrachte die nächsten drei Tage damit, die Büros diverser Makler abzuklappern, die mit allem handelten, was Geld einbrachte.

Das wunderte mich ein wenig, weil ich erwartet hatte, er würde sich mit seinem Angebot an die diplomatischen Vertretungen der Dritte-Welt-Staaten oder der anderen Großmächte wenden. China, Brasilien und Indien waren an EPOS-X sicher stark interessiert.

Dann kapierte ich, daß Dupin sich erst mal im Hintergrund halten wollte. Er war viel zu schlau, um bei Datenmaterial solcher Brisanz direkt zu verhandeln. Er schob ein paar Unterhändler vor und ließ sie für ihn das beste Angebot auskundschaften.

Ich wußte nicht, ob Rita schon Kontakt mit ihren Hintermännern aufgenommen hatte. Falls ja, gab es sicher wieder irgendeinen Grund, mir das zu verschweigen.

Während Rita sich an Dupins Fährte heftete, fuhr ich ins Polnische Viertel, um unsere neuen Papiere abzuholen.

Der Chipkartenfälscher lebte in einer Fünf-Zimmer-Wohnung auf dem Dach einer Großwäscherei. Dampfschwaden umgaben mich, als ich die eiserne Außentreppe hinaufkletterte. Die Sonne hatte sich gerade als schwachroter Ball über den Hochhaustürmen am dunstigen Himmel erhoben, und zusammen mit den weißen Krähenmutanten, die mir auf den Kopf zu scheißen versuchten, war das ein ganz idyllisches Bild – vorausgesetzt, man hatte gut gefrühstückt und ließ sich vom Geschrei der Krähen nicht aus der Ruhe bringen.

Diese Krähen waren das Werk eines ausgeflippten italienischen Biologieprofessors. Er hatte gehofft, sie würden die Tauben aus den Städten vertreiben, weil sie unsere Baudenkmäler mit ihren Exkrementen ruinierten. Aber seitdem lebten die Killerkrähen in ehelicher Harmonie mit den Tauben, und sie schissen alles gemeinsam voll.

Ich klopfte an die Eisentür, und zwei Kameras, die rechts und links im oberen Türwinkel angebracht waren, bewegten sich auf und ab, um meine Körperform und meine Maße mit den gespeicherten Identifikationsdaten zu vergleichen.

«Identifikation 96 Prozent, Frank Ammer», quäkte eine Computerstimme, und die Tür sprang auf.

Ich sah in den großen Raum am Ende des Korridors, dessen Tische mit Computern, Scannern und Kommunikationseinheiten beladen waren.

Zwerenz wirkte hinter all den Geräten und Papierbergen wie ein Kobold aus einer anderen Welt, den man zur Strafarbeit auf die Erde verbannt hatte.

Seine dünne, durchscheinende weiße Haut vertrug keine Sonne, deshalb verließ er fast nie das Haus – er ließ die Welt über seine Geräte zu sich kommen!

«Sehen Sie mal, was ich gestern über Sie im Vereinigten Datensystem auf einem codierten Kanal gefunden habe, Ammer!»

Er reichte mir einen Ausdruck. Der Text war in allen großen Weltsprachen abgefaßt. Die deutsche Übersetzung lautete:

Haftbefehl für Frank Ammer, zuletzt wohnhaft Brüssel, 4589900, Rue des Carmel. Letzter ausgeübter Beruf: Detektiv (Sonderlizenz mit sofortiger Wirkung entzogen). Die Person wird wegen Mordes an Gerald Dupin, Sekretär im Außenministerium, gesucht. Im Falle des Widerstandes gegen seine Verhaftung wurde vom internationalen Gerichtshof eine Genehmigung zur sofortigen Liquidierung erwirkt. Die Kopfprämie beträgt 8000 Euro.

Die beigefügten drei Fotos waren offenbar während meiner Haft aufgenommen worden. Sie zeigten mich in typischer weißer Gefängniskleidung.

«Sie sind so gut wie tot!» krächzte Zwerenz vergnügt mit seiner dünnen Kastratenstimme. «Für achttausend werden sich ganze Heerscharen von Kopfgeldjägern auf die Suche nach Ihnen machen.»

«Warum taucht die Meldung nicht im öffentlichen Netz auf?»

«Weil sie's erst mal für die lizensierten Kopfgeldjäger reservieren wollen. Das macht weniger Aufsehen. Die Burschen müssen schließlich auch leben.»

«Haben Sie auch was über Rita Baré?» fragte ich.

Er tippte ihren Namen ein, aber nach Rita gab es keine Fahndung.

«Oder warten Sie mal ...» Zwerenz musterte argwöhnisch die Daten. «Da scheint irgendein faules Ding gelaufen zu sein.» Er holte eine Reihe von Zahlenkolonnen und Befehlssequenzen auf den Bildschirm, die den Code für die Regierungsmeldungen bildeten, und verglich sie mit Hilfe seiner Spezialprogramme.

«Es muß jemand an den Regierungsdaten herumgepfuscht haben», sagte er und lehnte sich auf seinem Stuhl zurück. «Bis gestern gab es auch eine Suchmeldung nach Ihrer Kollegin. Sie wurde gelöscht.»

«Durch Eingriff in die Datenbank des Bundes?»

«Ganz recht.»

«Aber wie ist das möglich?»

«Mit Spezialprogrammen.»

«Heißt das, Rita wird von irgend jemandem geschützt?»

«Da möchte jemand mit allen Mitteln verhindern, daß Ihre Freundin in die Hände der Regierung fällt», bestätigte er.

«Wer verfügt denn über solche Spezialprogramme?»

«Das dürften nur ganz wenige Experten auf der Welt sein. Allerdings munkelt man in der Szene, momentan werde ein neues Datenverschlüsselungssystem installiert: EPOS-X.»

«Dann ist Schluß damit?»

«EPOS-X wird schon zum Kauf angeboten. In der Welt der Software bleibt kaum etwas geheim.»

«Und wissen Sie auch, wer sich für dieses neue System interessiert?»

«Ich kann mich umhören. Die Makler kungeln gerade ihre Vermittlungsprovisionen aus. Aber das wird Sie einiges kosten, Frank. Aufwendige Recherchen. Ich muß in ein paar private Datennetze eindringen!»

«Kein Problem.»

«Der übliche Tagessatz?»

«Einverstanden.»

Zwerenz nickte zufrieden. Er öffnete eine Schublade und nahm unsere Papiere und die beiden Chipkarten heraus. Unsere Ausweise waren auf dem geschützten Papier des Bundes gedruckt.

Ich hielt die Hologramme ins Licht der Tischlampe und nickte anerkennend.

«Mit den Chipkarten werden Sie bei Kontrollen keine Schwierigkeiten haben. Es sind echte Codes aus dem Regierungssystem. Die Nummern wurden für Sie reserviert. Es gibt keinen Unterschied zwischen legalen Nummern und diesen.»

Mein neuer Name lautete Frank Amroche, gebürtiger Belgier deutscher Abstammung. Das erklärte, warum ich neben Französisch auch akzentfrei Deutsch sprach. Rita Baré hieß jetzt Annette Amroche und war meine Frau. Wir hatten 2993 in Chaudfontaine geheiratet, in der Kapelle des staatlichen Spielkasinos.

«Ausgezeichnete Arbeit», sagte ich und gab ihm das vereinbarte Geld.

Er verdiente 1000 Euro an uns, und dann vielleicht noch einmal soviel, wenn er mir die gewünschten Informationen beschaffte. Für unsere Denunziation hätte er vielleicht 16 000 bekommen. Aber ich vertraute ihm, ich arbeitete schon seit vielen Jahren mit ihm zusammen.

Danach nahm ich Kontakt mit Rita auf. Dupin aß gerade in einem chinesischen Lokal im *Goldtower* zu Mittag. Der

Goldtower war das höchste Gebäude der Stadt. Das Restaurant auf der Drehplattform hatte einen ausgezeichneten Ruf.

«Jemand bei ihm?» erkundigte ich mich.

«Der Sekretär des chinesischen Botschafters in Brüssel.»

«Das bedeutet, Dupin geht jetzt in die Offensive?»

«Sieht ganz so aus.»

«Kommst du nahe genug heran?»

«Nein, sie haben seinen Tisch abgeschirmt.»

«Was ist mit den Maklern?»

«Keine Makler zu sehen.»

«Ich bin in fünfzehn Minuten bei dir.»

Ich nahm ein Lufttaxi, das mich auf der Plattform des Goldtowers absetzte. Aus dieser Höhe sieht die Stadt längst nicht so gefährlich aus, wie sie ist. Aber gegen ihre Kriminalitätsrate wirkt Brüssel wie ein harmloses Mädcheninternat. Seit über tausend Jahren haben die Wirtschaftskriminellen sie zu ihrem Hauptstützpunkt in Europa erkoren.

Rita hatte ihren Platz so gewählt, daß sie sich nur ein wenig vorbeugen mußte, um Dupin sehen zu können.

Ich schob ihr die Papiere und die Chipkarte hin.

«Gute Arbeit», sagte sie, während sie ihren Ausweis gegen das Licht hielt.

«Originalpapiere der Europäischen Einwohnerdatenbank. Und der Chip hat eine legale Nummer, kein Duplikat.»

«Mein Foto – es ist ganz neu», sagte sie überrascht. «Wie hat Zwerenz das denn in die Finger bekommen?»

«Keine Ahnung. Albert ist der größte lebende Datenguru. Ich traue ihm einfach alles zu, was in der Datenwelt möglich ist. Jetzt sind wir übrigens Mann und Frau.» Ich zeigte ihr meinen Ausweis. «Wir haben in Chaudfontaine geheiratet, in der Kapelle des staatlichen Spielkasinos.»

«Wieso im Kasino?»

«Weil diese Informationen nicht im Vereinigten Datensystem veröffentlicht werden. Das Kasino hat eine Lizenz für kurzfristige Eheschließungen, wie Las Vegas. Man kann nicht prüfen, ob unsere Heirat echt ist.»

«Verstehe.»

Rita zeigte zu Dupin hinüber.

«Der zweite Mann ist gerade gekommen», sagte sie. «Und es ist kein Geringerer als Chu Chen, der stellvertretende chinesische Generalstabschef.»

Als er seinen Mantel auszog, sah ich, daß er die Uniform der chinesischen Armee trug.

Ich pfiff leise durch die Zähne.

«Glaubst du, daß sie handelseinig werden?»

«Nach Dupins Miene zu urteilen – nein. Wahrscheinlich will er zuviel Geld.»

Der Sekretär der Botschaft sah in der Tat verärgert aus. Er schlug wütend mit der Faust auf den Tisch.

Der Mann an seiner Seite schüttelte nur unmerklich den Kopf. Gewöhnlich lassen sich Chinesen nicht so leicht aus der Reserve locken.

Dupin erhob sich und imitierte den gebückten Gruß der Chinesen.

Der Botschaftssekretär erhob sich ebenfalls und machte eine schnelle Bewegung mit der Handkante über den Hals.

Dupin lächelte nur arrogant. Er setzte sich erst wieder, als die beiden gegangen waren. Dann nahm er ein Telefon aus der Tasche und wählte eine Nummer.

«Wahrscheinlich ist jetzt der nächste Interessent an der Reihe», sagte ich.

«Nehmen wir ein Lufttaxi», schlug Rita vor. «Dupin wird an einem anderen Ort verhandeln, weil er vorsichtig ist. Wir bleiben in der Nähe.»

Auf dem Dach warteten drei Wagen. Ich wählte ein Taxi, dessen Fahrer so aussah, als würde er keine unnötigen Fragen stellen.

«Parken Sie bitte drüben auf dem ALLIANZ-Center, bis wir Ihnen weitere Anweisungen geben», sagte Rita, als wir eingestiegen waren.

Nach ein paar Minuten erschien Dupin auf dem Dach. Er trug wieder seine weinrote Ledertasche aus dem VIQUIM-Hotel bei sich.

«Was ist in der Tasche?» fragte ich. «Braucht er irgendwelche Unterlagen, um EPOS-X zu übergeben?»

«Er könnte das System ausgedruckt haben. Aber das wäre ziemlich riskant.»

«So verrückt wird er nicht sein.»

«Nein, ich glaube nicht.»

Als Dupin ins Lufttaxi stieg, sah ich ein paar Chinesen aus dem Aufgang kommen. Sie liefen mit gezogenen Waffen geduckt auf das Taxi zu. Doch Dupin startete, ehe sie die Tür erreichten.

«Folgen Sie dem Taxi», sagte Rita. «Aber bleiben Sie weit genug zurück, damit man uns nicht entdeckt.»

Dupin landete nach etwa drei Kilometern auf einem Parkplatz in der Innenstadt. Es gab nur noch zwei leere Plätze, deshalb hatten wir keine Wahl.

Dupin stieg aus, warf unserem Taxi, das nur etwa fünfzehn Meter entfernt heruntergekommen war, einen mißtrauischen Blick zu und ging dann langsam, ohne sich noch einmal umzusehen, zum Aufzug.

«Glaubst du, er hat uns gesehen?» fragte Rita.

«Schwer zu sagen …»

Die beiden anderen Fahrstühle waren besetzt. «Du beobachtest den Fahrstuhlanzeiger», sagte ich und setzte zum Spurt durch das Treppenhaus an.

Dupin hatte die Wahl, in drei Etagen auszusteigen: auf der Straße, der Metroebene und der Einkaufspassage. Er nahm die Straße.

«Ich bleibe dicht hinter ihm», sagte ich ins Mikrofon. «Versuch mich einzuholen.»

Offenbar hatte er es nicht besonders eilig. Er schlenderte gemütlich die Straße entlang und sah sich die Schaufensterauslagen an. Dann betrat er einen Kaffeeshop. Ich vergewisserte mich mit einem schnellen Blick durch den Eingang, daß er keinen Hinterausgang besaß, und ging weiter.

Plötzlich verdunkelte sich der Himmel, und mir wurde bewußt, daß es längst weit nach Mitternacht war. Offenbar war der Sonnenkollektor auf dem Mond ausgefallen, der Frankfurt in der Nacht beleuchtete. Seitdem die Stadt nachts mit taghellem Licht versorgt wurde, gab es den Vierundzwanzigstundentag für alle. Manchen Menschen bekam das gar nicht gut. Sie waren stärker als der Durchschnitt vom biologischen Rhythmus abhängig und litten an psychosomatischen Krankheiten.

Es war die Idee einiger Banker gewesen, Frankfurt damit ein unverwechselbares Kennzeichen zu verleihen, wie den Eiffelturm oder die Freiheitsstatue. Aber außer in jenen Gebieten der Erde, die wegen des Winkels der Sonneneinstrahlung tatsächlich zuwenig Licht bekamen, hatte sich die Idee noch nicht durchsetzen können.

Einen Augenblick später war die Stadt von gewöhnlichen Straßenlaternen und Lampen erhellt.

Dupin warf einen Blick zum Himmel, als er an der Tür erschien, und schüttelte verächtlich den Kopf. Er ging die Straße hinunter und betrat ein schmales Backsteinhaus. Über dem Eingang wehte eine grün-weiß-rote Flagge.

«Mexikanische Botschaft», sagte ich ins Mikrofon. «Am Ende der Chevalierstraße.»

Die Botschaft Mexikos war im Parterre untergebracht. Durch den Gang gelangte man in den dahinterliegenden Gebäudekomplex. Er beherbergte die Wirtschaftsvertretung für Mittelamerika und einen *Verein Lobby Europa.*

Dupin öffnete die Glastür des Vereins und betrat die Halle.

«Verein Lobby Europa», sagte ich ins Mikrofon. «Versuche dranzubleiben.»

Der Saal dahinter wirkte wie eine große altertümliche Bibliothek. Die Tische waren durch gebogene Trennwände mit Neonlampen abgeteilt. In etwa fünf Meter Höhe befand sich eine umlaufende Galerie aus dunklem Holz mit vollgestopften Bücherregalen, zu der an jeder Ecke des Saales eine Wendeltreppe hinaufführte.

Der Boden war uraltes Parkett. Es roch nach Bohnerwachs. Ich fühlte mich schlagartig in eine vergangene Epoche zurückversetzt.

Dupin nahm an einem der wenigen Lesetische ohne Trennwand Platz. Er legte seine rote Ledermappe auf die Mitte der Platte, so daß sie fast auf der anderen Seite lag.

Dann blickte er sich unauffällig im Saal um. Ich ging schnell hinter einem der Regale in Deckung. Momentan befanden sich höchstens zehn Personen im Raum. Nur zwei sahen so aus, als gehörten sie zum Personal.

Dupin nahm sein Telefon heraus und wählte eine Nummer. Offenbar war das ein vereinbartes Signal.

Aber in den nächsten fünf Minuten geschah nichts. Dupin begann ungeduldig mit den Fingern auf die Tischplatte zu klopfen. Er blickte sich wieder um, dann öffnete er seine Mappe und entnahm ihr einen flachen kleinen Computer.

«Damit wird er ihnen den Zugang zu den Daten demonstrieren», sagte Rita neben mir. Sie war hereingekommen, ohne daß ich es bemerkt hatte. «Das macht Eindruck.»

«Wer steckt hinter dem ‹Verein Lobby Europa›?» fragte ich.

«Keine Ahnung, nie gehört ...»

In diesem Augenblick öffnete sich eine der Holztüren unter der Galerie, und ein Mann um die Sechzig betrat den Saal. Er war klein und untersetzt und hatte das kräftige schwarze Haar eines Südländers. Dem Typ nach hätte er Grieche sein können, aber er war in Deutschland geboren, genauso wie ich.

Ich hatte lange genug für ihn gearbeitet, um zu wissen, wer es war.

DREIZEHN «Das ist Ezard Spell», sagte ich. Der Effekt, den sein Erscheinen auf Rita hatte, überraschte mich mehr als die Tatsache, daß sich Spell für EPOS-X interessierte.

Sie machte einen Schritt zurück. Ihre Arme hingen einen Moment lang merkwürdig steif und angewinkelt in Hüfthöhe, ehe sie sich wieder in die Gewalt bekam.

«Was ist los? Hast du eine Erscheinung?»

«Dieser verdammte Hurensohn ...», sagte Rita mit heiserer Stimme.

«Dupin oder Spell?» fragte ich.

«Ich kann jetzt nicht darüber reden. Gib mir noch ein wenig Zeit.»

«Spell will EPOS-X. Was ist daran so Besonderes? Wir haben ihn sogar in Verdacht gehabt, dein Auftraggeber zu sein.»

«Es wird höchste Zeit, daß wir Dupin aus dem Verkehr ziehen», sagte sie.

«Du meinst, ehe er verkauft?»

«So schnell wird er nicht verkaufen. Er will sie gegeneinander ausspielen, um den Preis hochzutreiben.»

«Wenn Spell den Zuschlag erhält, bleibt EPOS-X wenigstens im Bund.»

«Wenn er die Wahl auf legalem Weg gewinnt, auch.»

Dupin hatte ein Kabel aus der Ledertasche genommen. Er verband es mit dem Computer und dem implantierten Chip. Dann arbeitete er eine Weile an der Tastatur, um den Code einzugeben.

Als er fertig war, drehte er den Laptop um und schob ihn dem Anwalt über die Tischplatte.

Ezard Spell musterte eine Weile die Daten. Er fragte etwas, und Dupin nickte.

Spell machte ein paar eigene Eingaben. Das Ergebnis schien zu seiner Zufriedenheit auszufallen.

Er nickte und reichte Dupin die Hand. Dupin verzog keine Miene, als er ihm die Hand gab.

«Sind die Daten jetzt im Rechner?» fragte ich.

«Nein, um sie abzuspeichern, benötigt man erneut den Code.»

«Na, das beruhigt mich ja ungemein», sagte ich. «Glaubst du, sie sind handelseinig geworden?»

«Das weiß man bei diesem Hurensohn nie», sagte Rita.

«Spell oder Dupin?»

Der Anwalt erhob sich und verschwand wieder durch die Tür in der Galerie. Dupin packte seine Sachen ein und stand ebenfalls auf.

Diesmal nahm er kein Lufttaxi, sondern einen gewöhnlichen Wagen. Er betrat eine der Abfahrtsplattformen unter der Straße und winkte einem Taxi. Dann überlegte er es sich offenbar anders und ging die Treppe zur Metro hinunter.

Wir hatten Mühe, ihn im dichten Gedränge nicht aus den Augen zu verlieren.

Die Bahn zum Polnischen Viertel lief gerade ein, als ich die beiden Chinesen entdeckte.

«Achtung!» sagte ich.

Rita hatte sofort begriffen. Sie zauberte eine kleine verchromte Pistole aus ihrer Umhängetasche und gab einen Warnschuß in die Decke der Metrostation ab, bevor sie auf Dupin und die Chinesen zielte.

Dupin wandte sich um und sah einen der beiden Chinesen auf sich zukommen.

Er schlug ihm hart seine Ledertasche ins Gesicht und sprang auf die Gleise hinunter.

Drei Sekunden später fuhr der Zug ein, und wir sahen Dupin auf der anderen Seite des Bahnsteigs mit der Rolltreppe nach oben fahren.

Die beiden Chinesen standen vor den Waggons und fuchtelten mit den Armen.

«Das war's», sagte ich. «Laß uns hier verschwinden, ehe die Polizei eintrifft.»

Ich glaube, die meisten der umstehenden Passanten hatten gar nicht begriffen, woher der Schuß gekommen war.

«Fahren wir zu seinem Apartment», schlug ich vor, als wir wieder auf der Abfahrtsplattform unter der Straße standen. Ich winkte einem Taxi.

Dupin brauchte zu Fuß länger als wir, um zu seiner Wohnung zurückzukehren. Wir saßen in dem kleinen Café auf der anderen Straßenseite, als er eintraf.

Das Café hatte wie die meisten Läden vierundzwanzig Stunden geöffnet. Ich bestellte ein Frühstück und sah zu Dupins Apartment hinauf. Sein Fenster war jetzt beleuchtet. Es wurde langsam hell, die Sonnenkollektoren auf dem Mond arbeiteten immer noch nicht.

«Wo, verdammt noch mal, hast du die Pistole her?» fragte

ich. «Wir haben unsere Waffen doch an der Brücke weggeworfen.»

Rita blickte mich nicht an, sie rührte nur schweigend in ihrem Milchkaffee.

«Du hattest inzwischen Kontakt mit deinen Leuten, ist es das?»

«Ich arbeite für Ezard Spell», sagte Rita. «Oder sagen wir lieber – bis vor ein paar Minuten habe ich noch für ihn gearbeitet.»

«Du bist enttäuscht, weil er auf eigene Faust Dupins Daten kaufen will?»

«Wir hatten eine klare Vereinbarung. Wir haben unser Leben für ihn riskiert, oder? Er läßt uns ins offene Messer laufen. Jeden Augenblick kann uns die Demokratie-Polizei erwischen. Und Spell hat keinen Finger für uns gerührt, als wir in Haft waren.»

«Was hätte er tun sollen?»

«Raoul Webers Regierung ist längst von seinen Leuten infiltriert. Es hätte bestimmt einen Weg gegeben, uns zu helfen. Aber er denkt nur noch daran, wie er die Wahl gewinnen kann.»

Anscheinend hatte Dupin sich nur etwas ausgeruht, denn nach einer halben Stunde erschien er wieder auf der Straße. Diesmal trug er einen dünnen Popelinemantel und hatte keine Tasche bei sich.

«Auf ein neues», sagte ich. «Mal sehen, wer sich noch für EPOS-X interessiert.»

Wir folgten ihm in einiger Entfernung die Straße hinunter.

«Die Pistole stammt aus einem Schließfach am Bahnhof», sagte Rita. «Ich hatte *keinen* Kontakt mit Spell. Ich habe dich nicht hinters Licht geführt.»

«Heißt das, du willst mich heiraten?»

«Ich bin keine Frau zum Heiraten!»

«Das weiß man immer erst hinterher.»

«Ich könnte nie auf einem Bauernhof leben, schon gar nicht auf Guernsey.»

«Guernsey hat wunderbare Strände. Wenn du willst, zeige ich dir ein paar Postkarten.»

«Nein, danke. Schweinezucht macht mich immer krank. Ich vertrage den Gestank nicht.»

«Und was ist mit den *Hyrotoglyten*?»

«Was in aller Welt sind *Hyrotoglyten*, Frank?»

«Eine neue Art von Kartoffeln. Wächst gleich in Stäbchenform, ist wasserarm – für Pommes frites – und teuflisch gesund. Mineralstoffe, Eiweiß, Vitamine.»

«Das ist nicht meine Welt.»

«Wir könnten auch nach New York gehen.»

«Ich weiß nicht, ob ich überhaupt mit irgendeinem Mann irgendwo hingehen möchte.»

«Was tun wir dann hier eigentlich?» fragte ich und blieb stehen. Ich legte meine Hände auf Ritas Schultern und sah ihr tief in die Augen. Ihre Pupillen hatten dieses verführerische fliederfarbene Blitzen, und ihre Wimpern waren ein wenig zu lang und schwarz, um mich so schnell wieder aus ihrem Bann zu entlassen. «Warum jagen wir diesem Verrückten hinterher?»

«Wir greifen ihn, machen halbe-halbe und verschwinden. EPOS-X bringt mindestens zehn Millionen ein.»

Rita zeigte die Straße hinunter. Unsere Zukunft war eben um die Ecke verschwunden.

«Los, hinterher …», sagte ich.

Der Himmel war jetzt ohne Wolken, und das Sonnenlicht spielte auf den Solarfassaden. Die Windkrafträder bewegten sich so gemächlich wie alte Mühlen. Es war überhaupt keine Tageszeit für düstere Geschäfte. Frühmorgens gab es noch kaum Lufttaxis in den Straßenschluchten, die immer Unruhe mit sich brachten. Es war das verführerische Bild einer friedlichen Idylle.

Aber wie es oft bei Idyllen ist, trog die Ruhe und unter der Oberfläche bahnte sich das Unheil an.

VIERZEHN Dupin betrat eines der großen Multiplex-Kinos der Stadt. Im Gedränge des Foyers war es besonders schwierig, ihn nicht aus den Augen zu verlieren. Er ging bis in die Mitte des abgedunkelten Saales und sah zur Tribüne hinauf. Ich konnte nicht erkennen, wonach oder nach wem er Ausschau hielt.

An die riesige Deckenkuppel im größten der Kinosäle wurde gerade die Live-Übertragung der Landung auf einem der Jupitermonde projiziert. Der Planet sollte gesprengt werden, um an die Rohstoffressourcen des Kerns zu gelangen, vor allem an das seltene *Zerennium.* Das Metall eignete sich wie kein anderes für elektronische Schaltungen, weil sich die Daten in seinen Leitungen anders als bei gewöhnlichen Metallen nur mit einem Decoder analysieren ließen.

Der Bund verfügte über kein eigenständiges Raumfahrtprogramm, sondern arbeitete mit United America zusammen. Die meisten anderen Staaten hatten ihre Raumfahrtprogramme wegen der immensen Kosten eingestellt.

Einige Kritiker befürchteten, daß sich mit der Sprengung des Jupitermondes auf gefährliche Weise das Sonnensystem verändern könnte. Aber offenbar waren die Militärs derart versessen auf das Metall – weil es so ausgezeichnet mit dem neuen Datenverschlüsselungssystem harmonierte –, daß sie alle Bedenken vom Tisch gefegt hatten.

Gerald Dupin war mitten im Saal stehengeblieben und starrte gebannt zur dunklen Kuppeldecke.

Ein Trupp von Wissenschaftlern in den blauweißen Raumanzügen von UA versenkte gerade mit einem gewaltigen Bohrwerk die letzte Sprengladung im Kern des Planeten.

Vielleicht wurde Dupin in diesem Augenblick bewußt, daß es das Programm in seinem Nervensystem war, daß diesem in der Menschheitsgeschichte einmaligen Projekt erst seinen Sinn verlieh.

Der Kran mit dem Bohrwerk wurde zurückgefahren, und die Kamera schwenkte auf die Plattform des Raumgleiters, mit dem die Astronauten zu ihrem Mutterschiff in der Umlaufbahn zurückkehren würden.

Wenig später wurden die Triebwerke gezündet. Der Raumgleiter war keine tausend Kilometer entfernt, als in der Zentrale von UA die Sprengladungen gezündet wurden.

Der Jupitermond zerbarst wie berechnet in Milliarden kleine Stücke. Blaue, grüne und rote Teilchen reflektierten je nach Bruch des Zerenniumkerns in allen Schattierungen das Licht, wie bei einem gigantischen Feuerwerk. Die Stücke würden später mit eigens dafür konstruierten Raumtransportern eingesammelt.

Einen Augenblick herrschte atemlose Stille im Saal. Würde es eine gefährliche Druckwelle geben?

Würde sich die Statik des Sonnensystems verändern, wie von den Kritikern befürchtet?

Aber nichts geschah. Der Moderator der Übertragung erschien – ein smarter Typ mit Allerweltsgesicht – und erklärte lächelnd:

«Im Namen des Bundes und UA, die bei diesem großen Menschheitsprojekt zusammenarbeiten, gebe ich hiermit bekannt, daß die wissenschaftliche Kommission für Statische Untersuchungen des Bundes mit ihren empfindlichen

Meßgeräten keinerlei Veränderung in den Umlaufbahnen der Planeten und Monde des Sonnensystems entdecken konnte. Die Sprengung des Mondes kann als geglückt bezeichnet werden.»

Ein beispielloser Begeisterungssturm brach im Saal los. Es war, als wäre noch der letzte arme Schlucker des Bundes persönlich an den Profiten aus dem Abbau des Zerenniums beteiligt – obwohl es vor allem dazu dienen würde, Kriege zu führen, Spionage zu betreiben, ihn selbst zu beherrschen und auszuspähen und seine persönlichen Ausweispapiere fälschungssicher zu machen.

«Sieh dir bloß diese Narren an», sagte Rita. «Sie beklatschen ihren eigenen Untergang.»

«Glaubst du, daß Spell das verhindert hätte?»

«Nein, er will nur die geheimgehaltenen Daten über den Zustand des Systems bei seiner Wahl einsetzen.»

«Du meinst dieses Gerede von den geheimen unterirdischen Giga-Atomkraftwerken der fünften Generation? Und daß unser hochgelobter ungefährlicher Fusionsmotor die Umwelt auf chemische Weise verseucht?»

«Das und noch einiges mehr.»

Rita griff plötzlich nach meinem Arm. Dupin war die Stufen zu den Rängen hinaufgegangen. In der Mitte befand sich eine etwa zehn Meter breite Loge. Im schwachen Licht des Kinosaals konnte man nicht genau erkennen, für wen sie reserviert war.

Erst als zum Ende der Vorstellung das Deckenlicht eingeschaltet wurde, erkannte ich den Mann in olivfarbener Militäruniform, der aufgestanden war, um Dupin zu begrüßen. Er war gut einen Kopf größer als Dupin und hatte ein hageres, dunkelhäutiges Gesicht. Der gewaltige schwarze Schnauzbart unter seiner gebogenen Nase verlieh ihm ein martialisches Aussehen, das in seltsamem Gegensatz zu seinen umgänglichen, ja eleganten Bewegungen stand.

Er streckte erst seine Hand aus und umarmte Dupin mit theatralischer Geste.

«Ist das nicht General Mouch Ahmer, der Chef der Vereinigten Arabischen Streitkräfte?» fragte ich. «Was treibt er so öffentlich im Bund?»

Ahmer führte das Bündnis der Dritte-Welt-Staaten an, das sich angeblich gegen den Bund und UA verschworen hatte. Es überraschte mich, daß er sich hier mit Dupin sehen ließ.

Ein paar Fotografen, die wegen der historischen Filmübertragung im Saal waren, hatten die beiden entdeckt. Dupin machte eine einladende Bewegung. Er stellte sich in Pose und reichte dem Mann mit dem Schnauzbart noch einmal seine Hand …

Rita schüttelte ratlos den Kopf. Offenbar war sie genauso überrascht vom öffentlichen Auftritt der beiden wie ich.

«Es heißt, General Ahmer sei hier, um der Präsidentin ein ultimatives Angebot zu überbringen, das einen Krieg vermeiden könnte», überlegte sie. «Sie wollen den Bund und UA dazu bewegen, ihre Entwicklungshilfe für die Dritte Welt zu verzehnfachen.»

«Ich glaube, ich verstehe …», sagte ich. «Dupin *will*, daß die Präsidentin des Bundes ihn mit General Ahmer in den Zeitungen sieht. Es ist sein Versuch, den Preis noch weiter in die Höhe zu treiben.»

«Du glaubst, Dupin will Raoul Weber unter Druck setzen? Und General Ahmer? Welchen Grund sollte er haben, sich mit Dupin in der Öffentlichkeit zu zeigen?»

«Es ist eine Show. Ahmer macht Druck für seine Entwicklungshilfe. Er droht mit Krieg. EPOS-X würde ihm einen entscheidenden strategischen Vorteil verschaffen. Es ist ein öffentlicher Poker, Rita …»

«Für Ahmer mag das kein allzu großes persönliches Risiko sein – aber für Dupin?»

«Er setzt alles auf eine Karte. Was gehen ihn seine Verhandlungspartner an? Sie werden ihn so oder so um die Welt jagen, sobald der Deal perfekt ist. Die Sprengung des Jupitermondes ist ein idealer Zeitpunkt für ihn, um sich mit Ahmer der Öffentlichkeit zu präsentieren.»

«Wenn sie ihn nicht dabei schnappen.»

«Ich vermute, daß er in spätestens fünf Minuten durch eine der beiden Türen da drüben verschwunden ist», sagte ich und zeigte zu den Notausgängen unter der Tribüne.

«Dann schnappen wir uns den Nigger», sagte Rita. «Jetzt oder nie ...»

Sie versenkte ihre Hand in der Umhängetasche, wo sich ihre Pistole befand, und lief los, ohne meine Antwort abzuwarten.

Für General Ahmer war das Risiko vergleichsweise gering. Raoul Weber würde vor Wut schäumen, wenn sie ihn in den Zeitungen mit Dupin sah. Aber als Verhandlungspartner konnte sie ihn nicht verhaften lassen. Das wäre einer Kriegserklärung an die Dritte-Welt-Staaten gleichgekommen. Dafür war jetzt nicht der richtige Zeitpunkt.

Vielleicht hatte der Bund längst einen anderen Kurier nach New York gesandt. Trotzdem würde man sich erst Gewißheit über Dupins Verrat verschaffen müssen.

Auf diese Weise trug Dupin sowohl die Bedingungen für den Frieden wie auch für den Krieg in seinem Nervensystem gespeichert.

FÜNFZEHN Die beiden Türen des Notausgangs führten in denselben Gang hinaus. Ich lief zur Eisentür an seinem Ende, schob die Verriegelung hoch und sah auf die Straße.

Es war nur eine schmale, menschenleere Durchfahrt zwischen den Häusern.

Etwa auf halber Strecke des Korridors gab es eine Abzweigung, die zum Treppenhaus und zu den anderen Kinosälen führte.

«Da hinein», sagte ich. Es war der ideale Hinterhalt, um Dupin abzufangen. Keine Minute zu früh, denn im selben Moment hörten wir, daß sich die Tür zum Hauptsaal öffnete.

Rita wartete, bis Dupin uns knapp passiert hatte. Dann machte sie zwei schnelle Schritte auf ihn zu und setzte ihm den Lauf ihrer Pistole an den Nacken.

«Auf den Boden …»

Aber Dupin machte keine Anstalten, ihrer Aufforderung nachzukommen. Statt dessen wandte er sich mit zeitlupenhafter Langsamkeit nach Rita um, ein breites Grinsen auf den Lippen.

«Hinlegen!» wiederholte sie mit erhobener Stimme und stieß seinen Kopf nach vorn.

Dupins dunkle Haut war von feinen Schweißperlen bedeckt, und seine Augen flackerten vor Anspannung.

«Was wollen Sie denn mit mir anfangen, wenn Sie mich umgelegt haben?» sagte er und deutete verächtlich auf die Waffe in ihrer Hand. «Wie wollen Sie dann an meine Daten kommen?»

Er versuchte ihr die Pistole aus der Hand zu schlagen.

Doch Rita wich geschickt zurück. Ich versetzte Dupin von der Seite mit der rechten Handkante einen harten Schlag auf die Halsschlagader – und als er nach vorn kippte, riß ich mein linkes Bein hoch und traf ihn voll mit dem Knie unter dem Kinn.

Er fiel um wie ein nasser Sack.

«Hab gar nicht gewußt, daß du so fit bist.»

Rita nahm Handschellen aus ihrer Umhängetasche und fesselte Dupin die Hände auf dem Rücken. Danach verband sie den Goldchip an seinem Kopf mit einem Kabel und schloß es an ein handtellergroßes silbernes Kästchen an.

«Willst du ihn etwa schon hier anzapfen?» fragte ich.

«Nein, ich will nur verhindern, daß er angepeilt werden kann. Den Fehler hab ich nur einmal gemacht.»

Sie drehte an den Knöpfen auf dem Kasten und beobachtete die Anzeige. Dupin zuckte zuammen. Offenbar hatte er einen elektrischen Schlag erhalten.

«Lassen Sie den Blödsinn», sagte er.

«Ganz ohne Schmerzen wird's leider nicht abgehen, Dupin. Das ist erst der Anfang.»

«Sie beschädigen die Daten!»

«Darüber mache ich mir am allerwenigsten Sorgen. Die sind so mit ihrem Nervensystem verkoppelt, daß man eher Schwierigkeiten haben wird, sie wieder zu löschen.»

«Ah, verdammt ...!»

«Damit dürfte der Chip für die Funkverbindung gekillt sein», erklärte sie lächelnd.

«Sie sind ein Monster», jammerte Dupin.

Rita verschloß ihm den Mund mit einem breiten Stück Klebestreifen. Dann packte sie ihre Sachen ein und reichte mir ihre Waffe.

«Paß gut auf ihn auf, Frank. Er ist ein paar Millionen wert. Ich besorg uns einen Wagen.»

Ich fragte mich, wo sie jetzt so schnell einen Wagen auftreiben wollte.

Dupin warf mir einen eisigen Blick zu, als Rita gegangen war. Ich zog ihm mit einem Ruck den Klebestreifen vom Mund und sagte:

«Wenn Sie mit uns zusammenarbeiten, fällt für alle drei genug ab. Was halten Sie davon?»

«Den Teufel werde ich tun … Sie sind auch nicht besser als Ihre Freundin.»

«Ist das pure Habgier bei Ihnen? Oder einfach nur Dummheit? Sie bekommen keinen Cent, wenn wir das Ding allein drehen.»

«Allein?» Dupin lachte höhnisch. «Dazu brauchen Sie meinen Code.»

«Und den bekommen wir nicht mal, wenn wir Sie foltern?»

«Ich schwöre Ihnen, daß ich eher sterben werde.»

«Hab schon viele Hunde jämmerlich jaulen gehört.»

«Ihre Sprüche helfen Ihnen auch nicht weiter.»

Dupin richtete sich abrupt vom Boden auf und versuchte mich anzuspucken.

Ich drückte seinen Kopf mit zwei Fingern der rechten Hand zurück und klebte ihm wieder das Gewebeband über die Lippen.

Anscheinend wußte er nicht, daß wir den Code für EPOS-X kannten.

Rita brauchte nur eine knappe halbe Stunde, um einen Wagen zu besorgen. Es war ein anthrazitfarbener Kombi mit großer Ladefläche und verspiegelten Scheiben. Das Kennzeichen war auf Brüssel zugelassen.

«Wo hast du den denn so schnell aufgetrieben?» fragte ich überrascht.

«Immer einen Schritt vorausdenken, dann belohnt dich das Leben», lachte sie. «Der Wagen gehört meiner Stiefschwester. Sie ist mit einem Beerdigungsunternehmer verheiratet.»

Wir brachten Dupin zum Fahrzeug. Rita ging nicht gerade behutsam mit ihm um. Während wir ihn auf die Ladefläche hoben, schlug sein Kopf dumpf gegen die Stoßstange.

«He», sagte ich. «Vorsicht ... wir brauchen den Kerl noch.»

«Mit Leuten wie Dupin habe ich kein Mitleid. Er galt mal als einer der schärfsten Hunde im Ausschuß für antidemokratische Umtriebe. Er hat zahlreiche Regimekritiker auf dem Gewissen. Sie wanderten nur deswegen in die Gullys, weil er die Regeln so eng auslegte.»

«Ach, davon wußte ich ja gar nichts. Trotzdem ist er auch nur ein armes Opfer des Bundes.»

«Willst du damit vielleicht sagen, das System hätte ihn kaputtgemacht?» Rita baute sich vor mir auf und stützte empört ihre Hände in die Hüften.

«Dieser Staat hat den Mund nun mal sehr voll genommen und uns viel von grüner Superdemokratie und von den Vorzügen des Matriarchats erzählt. Von den Frauen, die angeblich anders als die Männer Frieden halten, weil sie von Natur aus friedlich sind ...»

«Frank ...?»

«Ja?»

«Bitte halte mir jetzt keinen philosophischen Vortrag. Wir müssen ihn wegschaffen.»

«Ist es wahr, Dupin, daß Sie so ein antiliberales Arschloch sind?» fragte ich zur Ladefläche gewandt, als Rita losgefahren war.

Dupin konnte nicht sprechen. Aber was mir seine Augen verrieten, war Antwort genug.

Dupin ins Hotel zu bringen schien uns zu riskant. Ich verzichtete auch darauf, mit unseren neuen Ausweispapieren irgendwo anders ein Zimmer anzumieten.

Ich vertraute Zwerenz. Aber Dupins öffentliches Auftreten trieb unser Kopfgeld womöglich so in die Höhe, daß er der Versuchung doch nicht widerstehen konnte. Eine von Ritas Freundinnen besaß in Frankfurt ein Gartenhaus.

«Nur eine kleine Hütte, nichts Besonderes», sagte sie. «Aber so weit draußen, daß Polizeipatrouillen selten sind.»

Es war ein rotgestrichenes Holzhaus mit Veranda ganz unten am Ende eines verwilderten Gartens mit hohen Obstbäumen und knorrigen Eichen.

Als ich es sah, bekam ich beinahe Lust, mich hier niederzulassen.

Wir fuhren durch die schmale Einfahrt, schlossen das schmiedeeiserne Tor und parkten den Wagen in einem offenen Verschlag hinter dem Haus.

Zwei große Biotope von zwei oder drei Meter Tiefe bildeten die Rückseite des Areals, und zwischen den Bäumen erhob sich eine hohe Hecke, die eine Sichtbarriere zum angrenzenden Wald bildete.

In den beiden Tümpeln quakten die Frösche, und die Grillen zirpten um die Wette. Die Hochhaustürme der Stadt waren außer Sichtweite. Hierher verirrten sich nicht einmal mehr die Lufttaxis.

Im Haus gab es alles, was wir für ein paar Tage zum Leben brauchen würden. Die eine Hälfte der Küche war zur Bartheke ausgebaut worden, und der Kühlschrank war gut bestückt, wie ich schnell herausfand.

Ich befreite Dupin von seinem Klebestreifen, schloß seine Handschellen auf dem Bauch zusammen, bugsierte ihn in einen der beiden Schaukelstühle auf der Veranda und setzte mich in den anderen.

Dupin betrachtete mich mit lauerndem Blick. Ich stand auf, mixte mir einen *Cuba libre* mit viel Eis und einem Spritzer Gin und setzte mich damit in den Schaukelstuhl zurück.

«Hätten Sie was dagegen, mir auch einen zu mixen?» fragte Dupin.

«Nanu, haben Sie plötzlich Ihre Sprache wiedergefunden?» Ich ging zurück in die Küche.

Er trank schweigend und starrte in die Dämmerung. In dieser Nacht wurde es richtig finster. Die Kollektoren auf dem Mond waren für die nächsten Wochen ausgefallen, wie es in den Nachrichten hieß, und wir hatten Gelegenheit, den natürlichen biologischen Rhythmus von Hell und Dunkel zu genießen.

Ich fragte mich, was mich eigentlich von hier wegtrieb?

Sprach irgend etwas dagegen, das Geschäft in aller Ruhe von hier aus abzuwickeln?

2999

Die Ressourcen der Erde sind
weitgehend aufgebraucht.
Dies zwingt die Staaten
der Dritten Welt
zu strategischen Allianzen
gegen die Supermächte.

Aus einer
wissenschaftlichen
Prognose des
Jahres 2958

ZWEITER TEIL

EINS Rita hatte alles für die Datenübertragung vorbereitet. Der Computer war ein Leihgerät der *Hard Corporation.* Sie würde versuchen, EPOS-X auf einem der neuen Miniaturspeicherchips unterzubringen. Man konnte sie sogar gefahrlos verschlucken.

Sie sagte, sie habe keine Ahnung, wie groß die Datenmenge des neuen Dechiffriersystems sei. Notfalls benötigten wir zwei oder drei Chips dafür.

Dupin musterte das Verbindungskabel und den vergoldeten Stecker in ihrer Hand mit einer Mischung aus Ungläubigkeit und Ironie.

«Das ist nicht Ihr Ernst?» fragte er. «Sie glauben doch nicht, daß ich Ihnen den Code verrate?»

Rita setzte sich schweigend an den Computer. Es war dieselbe Prozedur wie damals mit seinem Klon. Bei jedem Zugang zur Datenbank der Regierung erschien das Konterfei der Präsidentin auf dem Bildschirm. Dann drohte ein Hinweis jedem Strafe an, der unberechtigt ins System eindrang. Anschließend signalisierte eine kurze Meldung, daß Gerald Dupin zum Kreis der Berechtigten gehörte. Er wurde über die Muster seiner DNS identifiziert.

«Okay, Gerald», sagte Rita. «Wir sind bereit ...»

«Bereit wozu?» fragte Dupin. «Sie meinen, für den Code von EPOS-X?»

Rita schüttelte den Kopf und begann den Code einzugeben.

Auf dem Bildschirm erschienen, graphisch aufbereitet, jene Basenfolgen seiner DNS, die den Zugangscode von

EPOS-X und den Schlüssel zu den Daten des gesamten Codierungssystems darstellten.

Dupin stieß einen verächtlichen Schnaufer aus, genauso wie damals sein Zwillingsbruder.

Ich nahm noch einen Schluck *Cuba libre* und beobachtete gespannt den Bildschirm.

Eine Eröffnungssequenz mit dem Titel *EPOS-X* erschien. Das Emblem drehte sich imposant um seine Achse, nahm an Größe zu und kippte dann nach hinten, um in inverser Form wieder auf dem Bildschirm zu erscheinen. Die üblichen Spielereien der Programmierer.

«Das beweist noch gar nichts», sagte Dupin. «Sie sind noch nicht drin. Das ist nur der Vorspann.»

«Warten wir's ab.»

«Sie brauchen den Code zum System ...»

«Halten Sie die Klappe, Dupin», sagte ich mit leiser Stimme. Wir haben alle Zeit der Welt, und ich möchte mir nicht ständig Ihre überflüssigen Kommentare anhören.»

Rita tippte noch einmal die dreizehnstellige Codezahl als Gegenprobe zum ersten Zugang ein – und das Datenverzeichnis von EPOS-X tauchte auf.

Der Anfang der Datenübertragung war eine Videoanimation, die die Leistungsfähigkeit des Systems demonstrieren sollte.

«Das verstehe ich nicht», sagte Dupin ratlos. Er fummelte an dem Stecker in seinem Kopf und versuchte ihn herauszudrehen.

Ich erhob mich von meinem Stuhl und schlug seine Hand weg. «Wir fesseln Ihnen wieder die Hände», drohte ich.

«Schon gut ...»

«Wie lange brauchst du für die Datenübertragung, Rita?»

Sie legte den Goldchip in eine Halterung und schob ihn in das Speicherlaufwerk.

«Keine Ahnung. Ein oder zwei Stunden. Die Übertragung aus dem menschlichen Nervensystem ist nicht die schnellste.»

«Aber mit den Sicherheitskopien geht's dann schneller?»

«Die Daten von EPOS-X lassen sich nicht vervielfältigen. Jede Kopie wird von der Quelle gezogen.»

«Was denn, wir brauchen Dupin für jede Kopie?»

«So leicht hat's man den Dieben nun mal nicht gemacht», lachte sie.

«Aber der Chip muß sich doch vervielfältigen lassen?»

«Nein.»

Dupin grinste triumphierend. «Sie sind auf meine Hilfe angewiesen – haben Sie das endlich kapiert? Also behandeln Sie mich anständig. Es könnte sein, daß ich gesundheitlich nicht in der Lage bin, die Daten zu übermitteln.»

«Was redet er da, Rita?»

«Die Datenübertragung fühlt sich für den Betroffenen so an, als litte er an multipler Sklerose», bestätigte sie. «Es ist ein sehr schmerzhafter Eingriff ins Nervensystem. Er braucht erst mal einen halben Tag Pause, wenn wir die Kopie gezogen haben.»

«Kann sein, daß ich zusammenklappe», sagte Dupin.

«Hört sich an, als wenn Sie mächtig versessen darauf wären, zusammenzuklappen, Dupin.»

«Hätten Sie mal 'ne Zigarette für mich?»

«Seit wann sind Sie denn Raucher. Sie wissen doch, daß der Bund das Nikotin verboten hat.»

«Was ist mit 'nem kleinen Drink – gegen die Schmerzen?»

Ich ging hinüber in die Küche und mixte Dupin und mir einen *Cuba libre.* Wir hatten tatsächlich genügend Zeit. Für mich begann erst nach der Datenübertragung der riskantere Teil des Spiels: Ich würde Kontakt mit möglichen Käufern aufnehmen.

Es war gar nicht so einfach, an einen Mann wie General Mouch Ahmer heranzukommen. Die Regierung hatte den Chef der Vereinigten Arabischen Streitkräfte im Privathaus der Außenministerin des Bundes untergebracht. Nach seinen Gesprächen mit Annette Drob würde er sofort nach Brüssel weiterreisen.

In einem Fernsehinterview am Tag nach seiner Begegnung hatte man General Ahmer die Frage gestellt, wieso Dupin noch lebe. Im nichtöffentlichen Datennetz – das hatte ein findiger Reporter herausgefunden – werde ein gewisser Frank Ammer wegen Mordes an dem ehemaligen Staatssekretär gesucht. Aber offensichtlich sei Dupin gar nicht tot?

General Ahmer hatte darauf entgegnet, er besäße keinerlei Kenntnis von dem Vorfall. Er habe lediglich während einer Kinovorstellung einen guten alten Freund aus gemeinsamen politischen Zeiten begrüßt.

Ahmer spielte seine Rolle weiter, um Druck auf die Regierung und Raoul Webers Stellvertreterin Annette Drob auszuüben. Er würde abends mit der Außenministerin in einem Nobelrestaurant der Stadt essen und am nächsten Tag mit ihr nach Brüssel weiterreisen.

Zwerenz hatte mir elektronisch einen der raren Tische im *Bolongaropalast* reserviert und dafür einen anderen Gast herausbugsiert: mit förmlichem Entschuldigungsschreiben der Geschäftsleitung und drei Essensgutscheinen für einen späteren Termin.

Ich parkte den Wagen in der Nebenstraße und ging die paar Meter bis zum Eingang des Restaurants zu Fuß – leicht vorgebeugt und den Hut tief in die Stirn gezogen.

In der zweiten Etage des Bürohauses hatte der Sicherheitsdienst der Regierung Quartier bezogen. Das erkannte ich an der Art, wie die Scheiben verhängt waren. Sie benutzten immer Vorhänge aus Spezialgewebe, die von innen durchsichtig waren.

Zwei ihrer Wagen parkten rechts und links vom Eingang des Lokals in etwa dreißig Meter Entfernung. Auf den gegenüberliegenden Dächern waren Scharfschützen postiert, aber es gab keine Kontrollen in der Straße. Das bedeutete, daß man im Foyer des Restaurants gefilzt wurde. Ich war unbewaffnet. Nur mein Fahndungsbild im Vereinigten Datensystem machte mir Sorgen. Die Videoanlage im Eingang würde meine Daten mit den Fahndungsfotos abgleichen. Also mußte ich einen anderen Weg nehmen, um an meinen reservierten Tisch zu gelangen.

Ich ging durch den Lieferanteneingang und dann bis zur Portiersloge.

Der Mann in der Loge kam sofort heraus, weil er mich nicht kannte.

«Sicherheitsüberprüfung», sagte ich und zeigte ihm meine Marke der Demokratie-Polizei. «Wir haben Besuch von General Ahmer, dem Chef der Vereinigten Arabischen Streitkräfte.»

«Ich weiß – Sie sind nicht der erste», sagte er.

«Werde Sie nicht lange aufhalten. Wo ist die Personaltoilette?»

«Die Toilette?»

«Wir haben einen Hinweis bekommen, daß Bomben in den Spülkästen versteckt sein könnten ...»

«Aber nicht bei uns», wehrte er im Brustton der Überzeugung ab. «An dieser Loge kommt kein Unbefugter vorbei.»

«Wurden die Waschräume und Toiletten schon überprüft?»

«Nein.»

«Dann möchte ich jetzt darum bitten ...»

«Wenn Sie das für nötig halten? Ich kann Sie leider nicht

begleiten, weil ich in der Loge bleiben muß. Gehen Sie die Treppe am Ende des Korridors hinunter.»

«Wird nicht lange dauern. Ich muß die verdammten Kästen aufschrauben. Sagen Sie Leutnant Prosper, daß ich unten bei den Toiletten bin, falls er nach mir fragt.»

«Leutnant ...?»

«... Prosper, mein Vorgesetzter im Sicherheitsdienst.»

«Oh, natürlich.»

Nach ein paar Metern drehte ich mich noch einmal um und fragte: «Hätten Sie vielleicht ein paar Gummihandschuhe für die Becken?»

Er ging an seinen Spind, suchte eine Weile herum und reichte mir ein paar blaue Handschuhe.

Ich nickte ihm freundlich zu und schlenderte langsam den Gang hinunter.

Ich spürte seinen Blick im Rücken. Er hätte zu gern mit Hand an den Toilettenspülungen gelegt, um eine Bombe zu finden.

ZWEI Ich ging vom Treppenhaus durch die Seitentür ins Lokal und setzte mich an meinen reservierten Tisch. Während ich einen Blick auf die Karte warf, die mir der Kellner reichte, versuchte ich herauszufinden, wo General Ahmer saß.

Man hatte einen großen Tisch im erhöhten Teil des Restaurants für ihn reserviert. Offenbar ging er gerade zu den härteren Getränken über. Links und rechts von ihm saßen je zwei seiner Mitarbeiter, den Uniformjacken nach zu urteilen.

Ahmer selbst trug einen weißen Anzug und schien blendender Laune zu sein. Er prostete Raoul Webers Stellvertreterin Annette Drob auf der anderen Seite des Tischs zu.

Ich nahm ein Blatt Papier aus der Jackentasche und schrieb darauf:

Die Situation hat sich geändert. Ab sofort biete ich EPOS-X zum Kauf an. Sind Sie immer noch interessiert?

Frank Amroche

Dann faltete ich das Blatt zusammen und bat den Kellner, es an Ahmers Tisch zu bringen.

Der Kellner reichte dem General das Papier und zeigte zu mir hinunter.

Ahmer las es und warf mir einen überraschten Blick zu. Er flüsterte mit einem seiner Mitarbeiter. Der andere erhob sich und kam nach einem kleinen Umweg über die Theke – vermutlich, um keinen Verdacht bei der Außenministerin zu erregen – an meinen Tisch.

Er war höchstens fünfundzwanzig Jahre alt, aber der harte Zug um seine Mundwinkel verriet mir, warum er in Diensten des Generals stand. Jede seiner Gebärden drückte aus, daß er es gewohnt war, anderen Befehle zu erteilen. Er setzte sich mit dem Rücken zu Ahmer und fragte:

«Darf ich wissen, mit wem wir es zu tun haben?»

«Mein Name ist Amroche, Frank Amroche. Meine Frau Annette und ich sind die legitimen Nachfolger Gerald Dupins», fügte ich hinzu und streckte meine Hand aus.

Er übersah sie. Doch das schien mich nicht weiter aus der Ruhe zu bringen.

«Und haben Sie irgendwelche Beweise für Ihre Offerte?»

Ich öffnete meine rechte Hand und zeigte ihm den Goldchip. Es war lediglich eine Kopie der Anfangssequenz von EPOS-X, die Rita aufgenommen hatte, ehe Dupin zusammengeklappt war. Wir hatten erst eine Kopie des Systems, und die befand sich noch in ihrer Obhut.

«Läßt sich das überprüfen?»

«Mit jedem Hochleistungscomputer.»

«Kann ich den Chip zur Analyse haben?» fragte er und streckte seine Hand aus.

«Erst, wenn wir uns über den Preis geeinigt haben.»

«Wie Sie wollen. General Ahmer wird sich nach dem Essen mit Ihnen im *Goldenen Zimmer* des Restaurants treffen.» Er zeigte zum Durchgang, der zur oberen Etage führte.

«Na, das paßt doch zum Chip, oder?» stellte ich fest.

Das Essen war so gut, wie es sich für ein Luxusrestaurant dieser Klasse gehörte. Es ließ einen vergessen, daß der Bund schon lange den Verzehr von Fleisch verboten hatte. Im Grunde ist es kein Problem, schmackhaftes Essen rein pflanzlicher Basis auf den Tisch zu zaubern.

Ich beobachtete, wie sich die Delegationen voneinander verabschiedeten.

Kurz nachdem die Ministerin mit ihrem Stab gegangen war, kam ein Kellner an meinen Tisch, um mich ins *Goldene Zimmer* zu bringen.

«Wenn Sie noch ein paar Minuten Geduld haben? Wie Sie sehen, bin ich gerade beim Nachtisch, und der ist ausgezeichnet! Kompliment an Ihre Küche ...»

Ich aß meine Nougatcreme, trank ein Schlückchen Espresso, wischte mir in aller Seelenruhe mit der goldbestickten Serviette den Mund ab und warf sie in den Behälter neben dem Tisch. Ich war sicher, daß man jede meiner Bewegungen aus irgendeiner Ecke des Raumes beobachtete.

General Ahmer erhob sich vom Stuhl, als er mich hereinkommen sah, und streckte seine Hand aus. Es war die gleiche glatte Höflichkeitsgeste aus dem Baukasten des Politikers, mit der er auch Dupin vor den Fotografen begrüßt hatte.

Neben ihm am Tisch befand sich jetzt nur noch der junge Offizier, der mit mir verhandelt hatte.

«Das ist allerdings eine ungewöhnliche Wendung», sagte Ahmer in akzentfreiem Deutsch. «Wie geht es meinem lieben alten Freund Gerald Dupin?»

«Dupin mußte leider das Handtuch werfen. Jetzt sind wir im Geschäft.»

«Für wen arbeiten Sie?»

«Für niemanden. Wir arbeiten auf eigene Rechnung.»

«Was heißt das?»

«Wir sind nicht an politischen Fragen interessiert.»

«Es geht Ihnen nur ums Geld?»

«Wir sind nicht gerade begeisterte Anhänger der Politik des Bundes. Aber ich müßte lügen, wenn ich behaupten würde, das sei unser Motiv.»

«Und Dupin?»

«Dupin ist bei guter Gesundheit. Er mußte aussteigen. Er hat das Geschäftliche an uns delegiert.»

«Gezwungenermaßen oder freiwillig?»

«Nun, sagen wir mal, er verfügte immer noch über seinen freien Willen, als er uns das System aushändigte – soweit man das in dieser Situation sagen kann.»

«Verstehe.» Ein Lächeln huschte über das Gesicht des Generals. «Sie haben den Chip?» Er gab seinem Mitarbeiter ein Zeichen.

Der andere griff neben seinen Stuhl und stellte einen Computer auf den Tisch.

«Das ist Leutnant Kasim, mein engster Vertrauter und vielleicht der beste Computerexperte der Vereinigten Arabischen Streitkräfte», stellte Ahmer vor.

«Wir hatten ja schon das Vergnügen.»

Diesmal gab ich Leutnant Kasim nicht die Hand, sondern reichte ihm den Goldchip.

General Ahmer zündete sich eine der in der Union verbotenen Zigarren an. Er paffte dicke Rauchwolken, während er den Bildschirm beobachtete.

«Welchen Code muß ich eingeben?» erkundigte sich Kasim, nachdem er den Chip in die Halterung des Laufwerks gesteckt hatte.

«Keinen Code», sagte ich. «Die Vorführung ist automatisiert.»

Wie bei jedem Zugang zur Datenbank der Regierung erschien wieder das Konterfei der Präsidentin auf dem Bildschirm. Anschließend signalisierte eine kurze Meldung, daß Gerald Dupin zum Kreis der Berechtigten gehörte. Er wurde über die Muster seiner DNS identifiziert.

«Sie haben also erfolgreich Dupins Nervenspeicher angezapft?» sagte Ahmer anerkennend.

Nach der Eröffnungssequenz mit dem Titel *EPOS-X* folgte eine kurze Einführung in das Verschlüsselungssystem. Anhand von Vergleichen mit den klassischen Chiffriersystemen wurde demonstriert, wieso das neue System praktisch nicht dekodiert werden konnte.

Es ging weiter mit ein paar Datenschlüsseln, um den konkreten Ablauf zu demonstrieren. Danach wurde der Bildschirm dunkel.

«Was ist nun passiert?» fragte General Ahmer. Er warf mir einen irritierten Blick zu.

«Dies ist nur eine Demonstrationsversion», erklärte ich. «Wir haben einen Teil des Programms auf den Goldchip kopiert. Es fehlt der Rest des Systems mit dem Zugangscode, um damit arbeiten zu können.»

Ahmer sah nicht weiter überrascht bei meiner Erklärung aus. Er hatte unmöglich annehmen können, daß ich so leichtsinnig sein würde, das vollständige System mit mir herumzutragen.

«Was halten Sie davon, Leutnant Kasim?»

«Beeindruckend, General ...»

«Denken Sie, es ist echt? Oder könnte es auch eine geschickte Fälschung sein?»

«Nein, ich glaube, es ist echt.»

«Und Sie sind in der Lage, uns das vollständige System zu liefern, Amroche?»

«Sonst wäre ich nicht hier.»

«Wann?»

«Jederzeit, sobald wir uns handelseinig geworden sind. EPOS-X ist bereits auf einem Goldchip abgespeichert. Der einzigen Kopie übrigens, die bisher außerhalb der Regierungsdatenbank davon existiert.»

«Der einzigen Kopie?» Ahmer forschte in meinem Gesicht. «Warum sollte ich Ihnen das glauben? Wer garantiert mir, daß Sie nicht auch mit anderen ins Geschäft gekommen sind? Den Chinesen, den Brasilianern oder den Indern?»

«Die Übertragung aus dem menschlichen Nervensystem ist ein sehr heikler Prozeß. Sie belastet den Körper. Dupins Nervensystem ist momentan außer Rand und Band.»

«Hm, mag sein. Aber wer beweist mir, daß Sie die Wahrheit sagen?»

«Auf dem Chip befindet sich noch eine weitere Datei. Ihr Name lautet DIAG.COM. Es handelt sich um eine Diagnose von Dupins Gesundheitszustand. Sie wurde über die Datenbank der Staatlichen Gesundheitsbehörde erstellt. Wenn Sie dieses Datensystem kennen, werden Sie wissen, daß es fälschungssicher ist, um Mißbrauch bei der Einstellung von Mitarbeitern zu verhindern. Und inzwischen wurde es noch sicherer, weil es mit dem neuen System EPOS-X erstellt worden ist.»

General Ahmer nickte Kasim zu. «Sehen wir uns die Sache an.»

Leutnant Kasim rief die Datei DIAG.COM auf.

«Wir haben die Analyse angefordert, weil wir Dupin nicht trauten», erklärte ich. «Es ist das Datum von heute morgen, 9 Uhr 15.»

«Sie hatten den Verdacht, er würde vielleicht simulieren?»

«An und für sich wäre das schwer vorstellbar. Aber wir wollten sichergehen.»

«Ist Ihnen klar, daß man den Weg von der Staatlichen Gesundheitsbehörde über die Datenleitung zu Ihnen und Dupin zurückverfolgen könnte?»

«Es handelt sich um einen angemieteten Computer der *Hard Corporation.* Dort gibt es – laut Werbung – keine Überprüfungen, und die Geräte speicherten niemals Kundendaten über Funk ab. Das bedeutet, die Abfrage kann nicht zu uns zurückverfolgt werden.»

«Ihr Wort in Allahs Ohr.»

«Wenn es anders wäre, hätten die Sicherheitsdienste uns schon gefaßt.»

«Sieht tatsächlich böse aus für Dupin», bestätigte Leutnant Kasim. «Er hat verheerende Melatoninwerte. Cortisol, Neopterin- und sIgA-Gehalt ebenfalls negativ. Patient kann kaum noch schlafen. Schlafentzugsdelirium innerhalb der nächsten zwölf Stunden wahrscheinlich. Die Beeinflussung der Melatoninproduktion ist durch Hochfrequenzfelder erfolgt, wie sie bei der schnellen Datenübermittlung aus dem Nervensystem eingesetzt werden.»

«Was heißt das ohne medizinisches Kauderwelsch?» fragte General Ahmer.

«Dupin kann nicht mehr klar denken. Er halluziniert. Die geringste Belastung wirft ihn um.»

«Und wie konnte das passieren?»

«Man hätte lediglich niederfrequent gepulste Hochfrequenzfelder für den Datentransfer verwenden dürfen.»

«Bedeutet das, die Daten von EPOS-X könnten bei der Übertragung beschädigt worden sein?»

«Nein, ausgeschlossen. Aber die Übertragung hat Dupins Gesundheit nachhaltig geschadet. In UA hätte man mindestens acht bis zehn Tage dafür veranschlagen müssen. Er braucht einige Zeit, bis er sich wieder von der Anstrengung erholt hat.»

«Wie lange?»

«Ein oder zwei Wochen.»

«Ich habe noch vor kurzem mit Gerald Dupin gesprochen», sagte General Ahmer nachdenklich. «Da war er in bester gesundheitlicher Verfassung. Können wir daraus schließen, daß die Zeit nur für eine Kopie von EPOS-X reichte?»

«Zu mehr dürfte er physisch nicht in der Lage gewesen sein», bestätigte Leutnant Kasim.

«Also gut, Amroche», sagte Ahmer. «Ich will Ihnen Ihre Geschichte glauben. Man wird Sie Ihr Leben lang um die Welt jagen, wenn Sie versuchen, uns zu betrügen. Wieviel verlangen Sie für EPOS-X?»

DREI «Zehn Millionen Euro», sagte ich.

General Ahmer lehnte sich auf seinem Stuhl zurück, die Hände an den Oberschenkeln, und sah mich mit unbewegtem Gesicht an. Schwer zu sagen, ob ihn meine Forderung mehr amüsierte als schockierte.

«EPOS-X soll die Macht des Bundes sichern», erklärte er nach kurzem Nachdenken. «Es würde dem Grünen Bund und UA einen entscheidenden strategischen Vorteil verschaffen. Aber es ist sicher keine zehn Millionen wert.»

«Es ist mehr als das wert. Es könnte Ihnen den Sieg über die Großmächte sichern.»

«Welchen Sieg?»

«Ich erwarte nicht, daß Sie mir Ihre militärischen Angriffspläne offenbaren, General.»

«Wir haben niemals daran gedacht, den Bund oder UA anzugreifen. Dazu sind wir militärisch viel zu schwach, auch mit EPOS-X.»

«Nach meinen Informationen wollen sich die Dritte-Welt-Staaten zur größten Allianz der Menschheitsgeschichte zusammenschließen.»

«Ich habe von den Gerüchten gehört», bestätigte Ahmer. Er zog wieder an seiner Zigarre und machte eine abfällige Handbewegung. «Das sind bewußt gestreute Fehlinformationen unserer Gegner.»

«Und wozu sollten diese Fehlinformationen dienen?» fragte ich.

«Das will ich Ihnen gern erklären, Amroche. Das angebliche Komplott der Dritte-Welt-Staaten ist geschickt in Szene gesetzt, um United America als Verbündeten zu gewinnen. Die Präsidentin des Demokratischen Grünen Bundes, Raoul Weber, will durch Unterwanderung der Vereinigten Staaten ihre marode grüne Superdemokratie retten. Und sie will sich selbst an die Spitze des neuen Staatenbunds setzen. In Wirklichkeit ist die Opposition in der Dritten Welt viel zu schwach, um mit den unerhörten Fortschritten der beiden Machtblöcke konkurrieren zu können.»

«Aber Sie sind trotzdem zu Verhandlungen hier?» fragte ich. «Wie paßt das zusammen, General?»

«Nun, sagen wir einmal, die Gerüchte um eine Allianz der Dritten Welt kommen uns nicht ganz ungelegen. Wir wollen, daß der Bund und UA ihre Entwicklungshilfe für die Dritte Welt verzehnfachen. Wir finden, das ist angesichts der ruinierten Rohstoffressourcen der Welt und der Klimakatastrophen der letzten Jahre kein unverschämtes Verlangen.»

«Mag sein, ja.»

«Wenn Sie wie ich hinter die Kulissen blicken könnten, würden Sie sehen, daß wir praktisch bankrott sind. Die Klimaveränderungen haben zu einer drastischen Anhebung der Meeresspiegel geführt. Europa und Amerika konnten sich dagegen mit ihren Riesendeichen aus *Arberitth* schützen.»

«Wollen Sie damit andeuten, zehn Millionen würden Ihren finanziellen Spielraum ausschöpfen?»

«Zehn Millionen sind eine Menge Geld.»

«Denken Sie an die Menschenleben, die dieses Geld bei einem unnötigen Krieg retten könnte. Die Vereinigten Arabischen Streitkräfte handeln im Auftrag der gesamten Dritten Welt. Wieviel Milliarden Menschen sind das? Und die sollten nicht in der Lage sein, für ein System wie EPOS-X lumpige zehn Millionen aufzubringen?»

«Ich müßte erst Rücksprache mit dem Obersten Rat halten. An welche Übergabemodalitäten denken Sie?»

«Wir wollen beide sichergehen, daß wir bekommen, was wir ausgehandelt haben», sagte ich. «Also müßte man gewisse Vorkehrungen treffen.»

«Die Übergabe sollte an einem sicheren Ort stattfinden», bestätigte Ahmer.

«Woran denken Sie?»

«Raoul Weber wird morgen abend in Brüssel eine große Feier zu ihrem zweiundfünfzigsten Geburtstag geben. Ich verschaffe Ihnen eine Einladung zum Fest. Nennen Sie dem Portier einfach Ihren Namen. Der Austausch von Geld und Chip könnte in aller Öffentlichkeit erfolgen. Verdeckt, aber unter den Augen der Gäste. Dann wäre es sehr unwahrscheinlich, daß wir mit Waffengewalt gegeneinander vorgehen.»

«Gute Idee.»

«Da ist nur noch eine Schwierigkeit, Amroche», sagte Ahmer. «Wir wollen nicht nur den Chip, sondern auch Dupin.»

«Darauf wird er sich kaum einlassen.»

«Dann zwingen Sie ihn dazu. Wir können bei dem Deal nicht auf Dupin verzichten.»

«Ich bin dagegen, daß Dupin liquidiert wird.»

«Niemand denkt daran, ihn zu töten», wehrte Ahmer ab. «Er ist unser Faustpfand, falls der Chip nicht funktioniert. Und wir müssen verhindern, daß er seine Daten anderweitig verkauft.»

«Was bedeutet das? Lebenslange Gefangenschaft?»

«Wir werden ihn freilassen, sobald es die politischen Verhältnisse erlauben.»

General Ahmer erhob sich vom Tisch. Offenbar war das Gespräch damit für ihn beendet.

Als er mit seinem Adjutanten den Raum verlassen hatte, kehrte ich über denselben Weg, den ich hereingekommen war, ins Treppenhaus zurück.

Der Portier öffnete fragend die Loge, als er mich sah. Aber ich winkte ihm nur zu wie einem guten alten Bekannten und ging hinaus.

Auf dem Rückweg zum Gartenhaus war ich noch vorsichtiger als sonst. Es gab zu viele Interessenten für den Chip, und für andere stellte er eine große Bedrohung dar. General Ahmer würde nicht so dumm sein, mich durch einen Verfolger zu provozieren. Aber wenn Politiker miteinander reden, sind auch die Abhörtechniker nicht weit. Ich nahm an, daß der *Bolongaropalast* an diesem Abend genauso sprichwörtlich verwanzt war wie das Europäische Parlament.

Ich betrat den Eingang zur Metro, fuhr zwei Stationen und durchquerte die Straßenebene unter der Fußgängerzone. Dann fuhr ich mit dem Fahrstuhl zur ersten Plattform des Rundfunkcenters und nahm den benachbarten Fahrstuhl in die Tiefgaragen.

Nach dieser Prozedur war ich sicher, nicht verfolgt zu werden. Ein Taxi setzte mich zwei Straßen vor unserem Quartier ab. Als ich im Gartenhaus eintraf, hatte Rita schon das Licht gelöscht.

Ich warf einen Blick in Dupins Zimmer – er schlief ruhig und mit halbgeöffnetem Mund auf dem Sofa am Fenster – und ging dann hinüber, um Rita guten Abend zu sagen.

Sie saß in ihrem Lehnstuhl, ein Glas in der Hand, und blickte schweigend durch das Fenster in die Nacht hinaus.

«Was ist los?» fragte ich. «Wir sind auf dem besten Wege, zehn Millionen Euro zu kassieren. Die Sache läuft blendend.»

«Ich bin mir nicht sicher.»

«Woher der plötzliche Sinneswandel?»

«Ich habe einfach ein wenig über unseren Plan nachgedacht.»

«Daß es nicht einfach sein würde, wußten wir vorher, oder?»

«Die Übergabe des Chips macht mir Sorgen.»

«General Ahmer hat dafür eine annehmbare Lösung gefunden. Raoul Weber gibt morgen eine große Geburtstagsparty in Brüssel. Ahmer wird mir eine Einladung verschaffen.»

«Im Ernst? Und was, wenn man dich erkennt?»

«Nicht bei dreitausend Gästen.»

«Was ist, wenn du das Gebäude verlassen hast?»

«Sie wollen Dupin als Faustpfand. Wir geben ihn ihnen erst, wenn ich in Sicherheit bin.»

«Sie wollen Dupin?»

«General Ahmer hat mir zugesichert, daß ihm nichts passiert. Wir könnten ihn ein paar Straßen weiter im Wagen festhalten.»

«Und darauf will Ahmer sich einlassen?»

«EPOS-X verschafft den Dritte-Welt-Staaten einen entscheidenden strategischen Vorteil. Ich glaube, er würde so gut wie alles tun, um das System in die Finger zu bekommen. Zehn Millionen sind Peanuts für ihn.»

In dieser Nacht schlief ich nicht so ruhig, wie ich erwartet hatte.

VIER Dupin war zwar noch nicht wieder bei Kräften, aber die Autofahrt nach Brüssel bereitete ihm keine Schwierigkeiten. Er schlief fast die ganze Zeit über auf dem hochgeklappten Rücksitz des Kombis.

Erst als wir zur Stadtautobahn einbogen und für einen Augenblick das Atomium an seinen langen Stahltrossen über den Hochhäusern sichtbar wurde, schien ihm bewußt zu werden, wo wir uns befanden.

«Wohin bringen Sie mich?» fragte er mißmutig. «Ich mag diese Stadt nicht.»

«Ein guter Freund wird sich um Sie kümmern.»

«Ein Freund? Ich habe hier keine Freunde.»

«General Ahmer, Chef der Vereinigten Arabischen Streitkräfte. Er bringt Sie außer Landes.»

«Außer Landes? Wozu?»

«Er ist an einer Zusammenarbeit mit Ihnen interessiert.»

Dupin beugte sich blitzschnell vor und griff nach meinem Hals.

«Sie haben mich an die Araber verkauft?»

Ich schlug seine Hand weg und stieß ihn auf den Sitz zurück.

«Setzen Sie sich wieder hin, sonst muß ich Sie mit Handschellen an die Ladefläche ketten», sagte ich in scharfem Tonfall.

«Wieviel bekommen Sie für mich?»

«Nicht für Sie – für EPOS-X. Für Sie würde niemand auch nur einen Cent herausrücken. Sie stehen auf der Fahndungsliste des Bundes.»

«Und warum lassen Sie mich nicht gehen? Sie haben doch den Chip.»

«Ahmer möchte nicht, daß Ihre Informationen in falsche Hände geraten.»

«Das heißt ... ich bin so gut wie tot?»

«Nein, Sie sind sein Faustpfand, falls es Schwierigkeiten mit dem Programm gibt. Und dazu taugen Sie nur, wenn Sie am Leben bleiben.»

«Es ist so was wie eine Versicherungspolice für Sie», bestätigte Rita lachend hinter dem Steuer. «Eine Lebensversicherung.»

«Ich brauche keine Lebensversicherung. Lassen Sie mich gehen!»

«In den arabischen Staaten sind Sie sicher.»

Wir hatten noch ein paar Stunden Zeit bis zur Geburtstagsfeier. Ich wäre gern in mein Büro gefahren, um ein paar Sachen zu holen. Aber dort wartete sicher schon die Polizei auf mich. Doch in einem Restaurant würde Dupin womöglich verrückt spielen – jetzt, wo er wußte, was auf ihn zukam.

«Was hältst du davon, wenn wir bis zum Abend im alten Stadthaus meiner Mutter Quartier nehmen?» fragte ich. «Ich könnte uns im Restaurant nebenan was zu essen besorgen.»

«Gute Idee», sagte Rita. «Für mich marinierten Lammspieß in *Tupara*-Sauce.»

«Fleisch gibt's leider nur noch bei den Wilden in Afrika», sagte ich.

«Ich find's himmlisch, andere Lebewesen aufzufressen.»

«Wenn Sie mich laufenlassen, sag ich Ihnen, wo's hier in der Gegend ein illegales Steakrestaurant gibt», meldete sich Dupin vom Rücksitz. «Es ist gleich um die Ecke – ein Lokal im Tiefgeschoß.»

«Das sieht Ihnen wieder ähnlich», wehrte Rita ab. «Kaum in der Hauptstadt und schon wieder die alte kannibalische Gesinnung.»

«Was soll das nun wieder heißen?»

«Jeder weiß doch, daß die Regierungsbonzen heimlich Fleisch essen.»

Ich stoppte in der Einfahrt und warf einen Blick auf die Fassade des Hauses vor uns. Die Scheiben waren verhängt und die Haustür mit einem schweren Eisengitter gesichert. Aber an der Rückseite gab es eine Hoftür, und ich wußte, wo der Schlüssel lag. Meine Mutter war vor fünf Jahren gestorben. Seitdem stand das Haus leer. Ich hoffte, daß die Demokratie-Polizei nichts von seiner Existenz wußte. Es war so etwas wie meine Altersrente, falls die Dinge in den nächsten Jahren nicht so liefen, wie ich hoffte.

Wenn ich auf die Geburtstagsfeier der Präsidentin ging, würde Rita den Kombi mit dem angeketteten Dupin zwei Straßen weiter vor einem Supermarkt parken. Der Rest unseres Plans bestand nur noch darin, uns schleunigst aus dem Staub zu machen.

Ich schloß Dupins Hände auf dem Rücken mit Handschellen zusammen, bevor wir ausstiegen.

«Bring ihn schon ins Haus», sagte ich. «Ich besorge uns was zu essen.»

Dupin saß vor dem hölzernen Tisch in der Küche, als ich hereinkam. Sein dunkles Gesicht war aschgrau. Er beobachtete Rita am Herd und warf mir einen lauernden Blick zu, als ich mich zu ihm setzte.

«Was macht Sie nur so verdammt mißlaunig, Dupin?» fragte ich. «Hier im Bund haben Sie doch sowieso keine Zukunft mehr.»

Er bleckte die Zähne und zeigte mir sein strahlend weißes Gebiß.

«Gerald glaubt, daß sie ihn töten werden, sobald sie den Chip dupliziert haben», sagte Rita und goß uns Schwarzen Tee aus dem Kessel ein. Es war einer jener altmodischen Stahlkessel aus dem vorigen Jahrtausend, die meine Mutter bis an ihr Lebensende liebevoll gepflegt hatte.

«Halten Sie die Araber denn für so blutrünstig, Dupin?» fragte ich und sah auf meine Armbanduhr. «Ich glaube, ich muß los, Rita. Laßt's euch schmecken ...»

«Warte, ich gebe dir den Chip.» Sie nahm ihn aus seinem Versteck im Futter der Umhängetasche. «Das ist unsere Zukunft, Frank», sagte sie und wog ihn in der Hand. «So leicht und doch so wertvoll.» Dann legte sie das goldglänzende daumennagelgroße Plättchen vor uns auf die Tischplatte. «Zehn Millionen Euro.»

Danach ging alles sehr schnell. Dupin machte mit seinen auf dem Rücken gefesselten Händen eine blitzschnelle Bewegung nach vorn. Seine lange rosafarbene Zunge angelte den Chip von der Tischplatte.

Er hob den Kopf und zeigte uns einen Augenblick lang den Goldchip auf der herausgestreckten Zunge – so wie er mir eben sein strahlendweißes Gebiß gezeigt hatte. Dann schluckte er ihn mit triumphierendem Grinsen hinunter.

«Was zum Teufel ...?» Ich war aufgesprungen und umklammerte mit beiden Händen Dupins Kopf. Meine Linke legte sich um seinen Hals. «Spucken Sie ihn wieder aus, Dupin!»

«Zu spät», sagte er. «Und wenn Sie mich umbringen – ich hab ihn verschluckt.»

«Mund auf!»

Ich schob Daumen und Zeigefinger in Dupins Mund und hob seine Zunge an. Nichts! Dann fuhr ich mit dem Mittelfinger tief in seinen Rachen.

Dupin würgte. Aber er hatte seit dem Morgen nichts mehr gegessen. Mit vollem Magen hätte er den Chip erbrochen. Mit leerem Magen klebte er jetzt irgendwo in der Speiseröhre oder an der Magenwand.

«Was ist los?» fragte Rita. «Sag mir nicht, er hat ihn verschluckt. Sag, daß das nicht wahr ist!»

«Doch, ich glaube, wir haben ein Problem.»

FÜNF General Ahmer hatte meine Einladung beim Portier hinterlegt. Ich versuchte nicht, in die Videokamera am Eingang zu blicken, als ich das Foyer des Amtssitzes betrat.

Ein Bediensteter nahm mich in Empfang und führte mich in den festlich geschmückten Saal. Raoul Webers Verehrung schien gerade in das Stadium des Personenkults überzugehen. Anläßlich ihres Geburtstags lächelte ihr Konterfei von allen Wänden. Die Auffahrt und die Straße zum Parkplatz waren mit ihren Wahlplakaten gespickt. Selbst ihre lange Geburtstagstafel war nichts anderes als ein Wahlkampfpodium. Das gemeine Volk feierte auf der Ebene darunter, etwa anderthalb Meter tiefer.

Die Feier hatte noch nicht begonnen, aber der Saal war fast bis auf den letzten Platz besetzt. An meinem Tisch saß nur Leutnant Kasim. Ich warf einen Blick auf die Namensschilder. Offenbar hatte General Ahmer den ganzen Tisch für unsere Transaktion reservieren lassen.

Diesmal trug Kasim keine Uniform, sondern Zivilkleidung. Er hatte seine Jacke ausgezogen und über den Stuhl gehängt. Vor ihm lag ein kleines Telefon mit Lesegerät.

Er quittierte meine Ankunft mit unmerklichem Kopfnikken.

«Wo ist der Chip?»

«Haben Sie das Geld?»

«Es befindet sich im Aktenkoffer neben meinem Stuhl.»

«Kann ich es sehen?»

In diesem Augenblick nahm General Ahmer auf dem Podium am Tisch der Präsidentin Platz. Seinem Gesicht war nicht anzusehen, ob er mich bemerkt hatte.

Gleich darauf wurde unter dem Beifall der Gäste die Geburtstagstorte hereingebracht. Wie nicht anders zu erwarten, hatte sie die Farben der Flagge des Bundes: Grün-Weiß-Gelb.

Ich nahm den Koffer auf den Schoß. Der winzige Detektor unter dem Nagel meines rechten Mittelfingers signalisierte mir durch den Rhythmus seiner Vibrationen, daß es keinen versteckten Peilsender gab.

Meine Fingerspitzen glitten über die Pakete mit Eurobanknoten.

«In Ordnung», sagte ich.

«Dann darf ich jetzt um den Chip bitten? Legen Sie ihn auf die Tischplatte. Sie verlassen den Raum mit dem Geld erst, wenn wir ihn überprüft haben.»

«Leider haben wir ein kleines Problem, Kasim. Bitte halten Sie das nicht für einen faulen Trick. Dupin hat den Goldchip verschluckt.»

«Was sagen Sie, *er hat …?*»

«EPOS-X ist wieder da, wo es schon vorher war – in Dupins Körper. Aber es wird irgendwann von ganz allein wieder zum Vorschein kommen.»

«Das ist nicht Ihr Ernst?» Leutnant Kasim nahm den Aktenkoffer von meinen Knien, klappte ihn zu und stellte ihn wieder neben seinen Stuhl. «Und wie stellen Sie sich die Übergabe vor?»

«Wir müssen nur etwas Geduld haben.»

«Wo ist Dupin?»

«Draußen im Wagen. Aber das nutzt Ihnen nicht viel. Sie wollen sich sicher davon überzeugen, daß er den Chip tatsächlich verschluckt hat?»

«Bleiben Sie hier und rühren Sie sich nicht von der Stelle», zischte Kasim. Er stand auf und ging zum Podium hinauf. General Ahmer warf mir einen fragenden Blick zu.

Als Kasim sich über die Schulter des Generals beugte, betrat unter dem Beifall des Publikums die Präsidentin den Saal. Raoul Weber trug ein weinrotes Satinkleid, das ihre Formen vorteilhaft zur Geltung brachte, und darüber eine Schärpe – in den Farben des Bundes.

Der Mann, der hinter ihr die Fähnchen in der Geburtstagstorte zurechtsteckte, war niemand anders als Leutnant Prosper. Ich wandte mich blitzschnell ab, als ich ihn entdeckte.

Vielleicht war es diese hastige Bewegung, die Prospers Aufmerksamkeit erregte. Er ließ von der Torte ab und kam zögernd an den Rand des Podests.

Offenbar war er sich nicht ganz sicher. Aber darauf wollte ich es nicht mehr ankommen lassen. Ich drehte ihm vollends den Rücken zu und ging langsam in Richtung Foyer.

Als ich an der Tür war, wandte ich mich unauffällig nach ihm um. Leutnant Prosper sprach in sein Funkgerät. Er machte eine heftige Handbewegung in meine Richtung, und dieser Hinweis galt offenbar den beiden Posten an den Fahrstühlen …

Ich betrat das Foyer und setzte zum Spurt an. Irgendwo heulte eine Sirene auf. Die schweren metallenen Rollgitter an den Fenstern und Türen des Regierungssitzes, die nach der grünen Revolution im Jahr 2486 installiert worden waren, setzten sich in Bewegung.

Aber ich erreichte die Portaltreppe, noch ehe das Hauptgitter den Eingang verschloß.

Meine beiden Verfolger hatten weniger Glück. Sie standen am heruntergelassenen Gitter, und während der eine Anweisungen in sein Funkgerät gab, legte der andere mit seinem Revolver auf mich an.

Die neue Microcomputer-gesteuerte Munition verfehlt dank ihrer eingebauten Miniaturkamera nur selten ihr Ziel – und weil ich das wußte, warf ich mich blitzschnell hinter den nächsten Baum.

Die erste Kugel schlug vor mir in den Unterstand des Wachpostens ein.

Ein zweiter Wachposten kam aus der Baracke an der Straße und versuchte sich mir in den Weg zu stellen.

Ich versetzte ihm einen Stoß mit dem Ellenbogen gegen das Kinn, und er taumelte und ging zu Boden.

Als er aus der Schußlinie war, krachte ein zweiter Schuß. Aber da bog ich schon um die Ecke und lief im Trab zur Straße, wo unser Wagen geparkt war.

Dupin saß auf dem Rücksitz. Rita hatte seine rechte Hand an die Lehne des Beifahrerstuhls gekettet. Ich setzte mich ans Steuer und ließ den Motor an.

«Was ist passiert?» fragte Rita.

«Prosper hat mich erkannt.»

«Nichts wie weg …»

Links von uns am Hang lag die Kathedrale St. Michel, und

weiter hinten ragten die Hochhäuser der Oberstadt in den Himmel. Ich fuhr die Straße hinunter und bog zur Neuen Markthalle ein. Aber an der Kreuzung war wegen der Feierlichkeiten eine Polizeisperre errichtet.

«Sie werden nicht weit kommen», feixte Dupin auf dem Rücksitz. «Das Regierungsviertel ist abgesichert wie ein Konzentrationslager.»

«Wir werden nicht weit kommen, Dupin – *wir*! Sie braten nämlich keine Extrawurst. Die Demokratie-Polizei wird mit Ihnen genauso kurzen Prozeß machen wie mit Dupin Nr. eins.»

Er warf mir einen betroffenen Blick zu, als würde ihm erst jetzt wieder bewußt, welch schäbiges Ende sein Vorgänger genommen hatte.

Ich fuhr langsam an den Straßenrand, damit der Polizeiposten an der Kreuzung nicht auf uns aufmerksam wurde, stieg aus und machte mich an der Heckklappe des Kombis zu schaffen. Dann ging ich zur Haustür gegenüber, kehrte zum Wagen zurück, stieg ein und bog langsam in die Seitenstraße ein. Die abfallende Straße an der Rückseite des Blocks war die Zufahrt zum Highway.

«Sieh dir das an.»

Rita zeigte durch die Windschutzscheibe. In etwa hundert Meter Entfernung tauchte ein Konvoi der Demokratie-Polizei auf.

Es waren vier Wagen, und sie nahmen die volle Straßenbreite ein.

«Die haben's auf uns abgesehen», sagte ich und riß das Steuer herum.

Zwischen dem Zentralbahnhof und dem Brüsseler *Raoul-Weber-Center* gab es einen Fußweg, der gerade noch breit genug für unseren Wagen war.

Der Kombi wischte ein paar Mülltonnen zur Seite. Dann

kam ein Zeitungskiosk, und sein rechter Kotflügel riß die vorgebaute Auslage ab. Einen Augenblick lang sah es so aus, als hätten sich die Zeitungen wie Schwalben in die Luft erhoben.

Dann befanden wir uns wieder auf einer der Hauptstraßen. Ich gab Vollgas – und das war für einen Wagen dieser Klasse, als wollte man zum Mond durchstarten. Dupin war am schlechtesten dran, weil er mit seinen Handschellen am Vordersitz hing.

«Sie bringen mich noch um», jammerte er. «Sie bringen mich um, Sie verdammter Hund …»

«Glaubst du, wir schaffen es?» fragte Rita.

«Keine Ahnung. Wahrscheinlich haben sie längst die Zufahrten zum Highway gesperrt.»

«Und wenn wir einfach zum Haus zurückkehren?»

«Gute Idee.»

Ich wendete den Wagen. Rechts von uns befand sich eine Tiefgarage, durch die man zur anderen Seite des Blocks gelangte.

Aber die hin und her rangierenden Autos in der Durchfahrt machten es fast unmöglich, zum Ausgang zu gelangen. Wir hingen zwischen zwei alten Damen fest, die sich offenbar nicht klar darüber wurden, wo hinten und vorne war. Die eine fuhr einen *Zapper-Volt.* Das andere Fahrzeug war ein offener Lieferwagen mit Gemüse.

Sie rangierten und gaben Blinkzeichen. Es sah nicht so aus, als wenn sie sich bis zum Abend einig würden.

«Großer Gott», stöhnte Rita. «Wir landen noch in den Gullys wegen der beiden Alten.»

Ich stieg aus und fragte die alte Dame im *Zapper-Volt,* ob ich ihr behilflich sein könnte.

«Hab den Wagen erst seit zwei Tagen», murmelte sie entschuldigend.

«Darf ich ...?»

«Wenn Sie so freundlich wären?»

Sie stieg aus, und ich kletterte ins Fahrzeug. Als meine Hände das Lenkrad umfaßten, sah ich den Wagen der Demokratie-Polizei die Auffahrt herunterkommen.

Ich winkte Rita zu, und sie kapierte sofort und stieg aus dem Kombi.

«Was ist mit Dupin?»

«Dafür haben wir keine Zeit mehr.»

Ich setzte zurück, als Rita neben mir saß, schlug das Lenkrad ein und fuhr mit quietschenden Reifen zur gegenüberliegenden Auffahrt.

Die alte Dame blickte uns ungläubig nach. Prospers Leute waren ausgestiegen. Einer gab Anweisungen über Funk, die anderen umringten unseren Kombi. Dupin blickte sie ausdruckslos durch die Scheibe an, die rechte Hand angekettet.

«Das Geschäft ist geplatzt», sagte ich.

«Verdammt – unsere schönen Millionen!»

«Ins Haus meiner Mutter können wir jetzt auch nicht mehr zurück. Dupin wird uns verpfeifen, um Pluspunkte bei der Demokratie-Polizei zu sammeln.»

Wir fuhren eine schnurgerade Straße zur Unterstadt hinunter und dann weiter, bis wir das Ufer des Brüsseler Seekanals erreicht hatten. Der Kanal führte nach Antwerpen. Einige kleinere Kanäle verbanden ihn mit Charleroi.

«Was ist das?» fragte Rita und zeigte zum Himmel über dem Stadtzentrum.

Aus dieser Entfernung hätte man es noch für einen Schwarm grauer Vögel halten können.

Wenige Augenblicke später war der Himmel dunkel von den Helikoptern der Demokratie-Polizei. Sie standen wie schwerfällige silbern glänzende Drohnen über uns in der

Luft. Ihre leise gurgelnden Motoren machten fast keine Geräusche. Nur das Zischen der Rotorblätter.

«Ins Wasser!» sagte Rita. «Fahr die Böschung hinunter, Frank. Das ist unsere einzige Chance.»

Der Zapper-Volt war ein billiges Stadtmodell ohne Antigravitationseffekt. Aber dafür konnte er genausogut tauchen wie seine größeren Brüder.

Eine Garbe aus Schnellfeuergewehren zischte vor uns auf die Asphaltdecke.

Der Zapper-Volt machte einen Sprung über die Bordsteinkante, rumpelte den kurzen Rasenstreifen des Kanals hinunter und tauchte ins Wasser ein.

Luftblasen stiegen an den Seitenfenstern auf. Unser Wagen glitt surrend in etwa vier Meter Tiefe durch das Wasser. Vor uns stand eine trübe Wand aus Plankton und Algen. Man konnte die Uferbefestigungen nicht mehr erkennen. Ich ließ trotzdem die Scheinwerfer abgeschaltet, um den Scharfschützen in den Helikoptern kein Ziel zu bieten. Der Kanal war Anfang des vorigen Jahrhunderts auf vierzig Meter Tiefe ausgebaut worden, um auch der neuen Generation von Containerschiffen genügend Tiefgang zu bieten.

Oben irrten die Kreise von Suchscheinwerfern über die Wasseroberfläche.

«Geh weiter runter», sagte Rita.

«Fünfzehn Meter, mehr bringt das Modell nicht.»

«Er wird schon nicht aus dem Leim gehen ...»

Ich ließ den Wagen noch weiter absinken ... sechzehn Meter ... achtzehn Meter ... zwanzig Meter.

Immer noch waren über uns deutlich die Lichtkegel der Suchscheinwerfer zu erkennen.

Die Druckanzeige des Wagens gelangte in den roten Bereich, und ein nervtötender hoher Signalton zeigte an, daß wir uns im Gefahrenbereich befanden.

«Was ist das?» erkundigte sich Rita.

«Er schafft's nicht. Wenn wir zu tief heruntergehen, kommen wir vielleicht nicht mehr nach oben.»

An den Dichtungen sickerte Wasser ein.

Die programmierte Stimme des Bordcomputers meldete den Wassereinbruch.

«Tauchen Sie auf! Sie haben die kritische Tauchtiefe überschritten. Gefahrenzone! Lassen Sie das Fahrzeug umgehend in einer für Amphibienfahrzeuge lizensierten Fachwerkstatt auf Druckschäden überprüfen! Achtung, tauchen Sie sofort auf! Wassereinbruch!»

«Ist ja so gut wie unmöglich, sich mit dem Ding das Leben zu nehmen», sagte Rita.

Ich kehrte wieder auf acht Meter Tauchhöhe zurück. Die Stimme des Bordcomputers verstummte, doch die Druckanzeige signalisierte immer noch Gefahr.

In diesem Augenblick erschütterte eine gewaltige Detonation das Fahrzeug. Die Druckwelle war so stark, daß wir hochgerissen und gegen die Uferböschung geworfen wurden. Der Druck auf meinen Ohren raubte mir einen Moment lang das Gleichgewicht, und mir wurde schwarz vor Augen. Es war ein Gefühl, als befände man sich in einem undefinierbaren dunklen Raum, ohne den geringsten Anhaltspunkt, wo oben und unten war …

Plötzlich schwammen wir wieder auf der Wasseroberfläche. Der Zapper-Volt hatte leichte Schieflage, sein Motor war ausgefallen.

«Was ist passiert?» fragte Rita, mühsam nach Luft schnappend; sie hielt sich mit beiden Händen den Kopf. Eine feine Blutspur lief aus ihrer Nase.

Ich reichte ihr ein Taschentuch.

«Wasserbomben. Sie haben uns mit einer Wasserbombe nach oben geholt.»

«Sie haben …?»

«Wir können von Glück sagen, daß wir nicht dabei draufgegangen sind.»

Vor unserer Windschutzscheibe tauchte ein Polizeihelikopter auf und wandte uns seine Längsseite zu. Er war höchstens sechs Meter von uns entfernt. Zwei Scharfschützen in schwarzen Lederanzügen richteten ihre Schnellfeuergewehre auf uns.

SECHS Diesmal wurden wir ohne weiteres Verhör in einen jener berüchtigten Gefängnistrakte gebracht, die im Volksmund «Gullys» heißen.

Wir bekamen weiße Gefängniskleidung wie die anderen Häftlinge. Der Saal, in den man uns führte, war etwa fünfzig mal hundert Meter groß. Außer dreistöckigen hölzernen Etagenbetten an den Wänden und im Raum gab es weder Sitzgelegenheiten noch anderes Mobiliar. Die meisten Gefangenen standen in Gruppen herum oder hockten auf dem Boden.

Niemand interessierte sich für uns. Man blieb genauso anonym, als bewegte man sich irgendwo draußen im Verkehr der Megastädte. Niemand wußte, wie es weiterging, ob er den Rest seines Lebens hier verbringen würde. Kein Prozeß, kein Verfahren. Offenbar war man bereits in Abwesenheit verurteilt worden.

«Sieh mal, da sind ja unsere zehn Millionen …», sagte Rita und griff nach meinem Arm.

Dupin saß auf einem Bündel schmutziger Decken, den Blick teilnahmslos zur Wand gerichtet.

Wir belegten zwei freie Betten mitten im Saal.

«Hallo, Dupin», sagte ich. «Schön, Sie lebend wiederzusehen. Ich dachte schon, man hätte sie an Ort und Stelle liquidiert wie Ihren Vorgänger.»

«Verschwinden Sie aus meinem Blickfeld ...»

«Dies ist ein freies Gefängnis. Hier kann sich jeder nach Lust und Laune niederlassen.»

Ich drückte auf die Matratze. Sie lag auf einer harten Holzplatte und bestand aus zusammengenähten Baumwollflicken. Die Häftlinge sollten Tag und Nacht spüren, wo sie sich befanden. Als ich mich auf das Bett legte, quietschte das Holzgestell. Plötzlich wurde mir bewußt, daß außer dem leisen Gemurmel der Häftlinge ständig ein leises Quietschen den Raum erfüllte.

Ich schloß die Augen. Es würde schwer sein, sich an diese Geräuschkulisse zu gewöhnen. Nach einer Weile war ich trotzdem eingeschlafen.

Rita weckte mich, sie rüttelte an meiner Schulter.

«Rate mal, wen ich nebenan getroffen habe.»

«Keine Ahnung. Raoul Weber wird's wohl kaum gewesen sein.»

«Die Leute von der Opposition. Hal Gordon, den Neurologen, Winston Hare, Ernst Bahr ...»

«Also wurden sie schon aus dem Verkehr gezogen? Wie Leutnant Prosper angedroht hatte?»

«Sieht so aus, als wenn die meisten hier im Saal nur wegen ihrer kritischen Haltung der Regierung gegenüber eingelocht worden sind.»

«Dann haben wir ja reichlich Gelegenheit für philosophische Gespräche», sagte ich und schloß wieder die Augen.

«Einige von ihnen arbeiten hier unten für die Regierung, Frank.»

Ich hob den Kopf und blickte mich suchend um.

«Arbeiten, wo?»

«Etwa zehn Etagen über uns befindet sich ein medizinisches Institut. Die Gefangenen bekommen Hafterleichterungen, wenn sie sich für Versuche zur Verfügung stellen.»

«Ach du lieber Gott. Das hört sich ja nach finsterster Vergangenheit an. Warum werden sie nicht gleich dazu gezwungen?»

«Weil man auf die Mitarbeit der Versuchspersonen angewiesen ist.»

«Und was haben unsere Freunde von der Opposition damit zu schaffen?»

«Gordon und Hare sind renommierte Datenexperten. Davon gibt es nicht so viele.»

«Na und? Worauf willst du hinaus, Rita?»

«Sie haben bei ihrer Arbeit im medizinischen Institut Zugang zum Regierungscomputer.»

«Zum Regierungscomputer, aha.»

«Bist du wirklich so schwer von Begriff?»

«Du meinst ...?» Ich deutete mit dem Kopf auf Dupin, der noch immer wie ein Häufchen Elend auf seinem Packen Decken hockte.

«Mit dem Goldchip könnten wir vielleicht ins System eindringen. Die grüne Regierung hat mit Sicherheit eine Menge Dreck am Stecken.»

«Du meinst, wir könnten sie damit unter Druck setzen, um uns freizukaufen?»

«Zum Beispiel, ja.»

«Aber wie willst du die Informationen herausschleusen – immer vorausgesetzt, daß wir mit EPOS-X überhaupt Zugang dazu bekommen? Und wem willst du sie anbieten?»

«Sollen wir denn lieber hier unten versauern, Frank? Laß uns irgend etwas tun, verdammt noch mal.»

«Ja, du hast recht.»

Ich stand auf und ging zu Dupin hinüber. «Darf ich?»

fragte ich. Ich hockte mich neben ihn, ohne seine Antwort abzuwarten.

«Sie schon wieder?» sagte er mürrisch.

«Was ist mit Ihrer Verdauung?»

«Meine Verdauung geht Sie einen Scheißdreck an.»

«Hatten Sie schon Stuhlgang, Gerald? Wir sitzen doch jetzt alle in einem Boot. Rita hat eine Idee, wie wir vielleicht hier herauskommen könnten. Dazu brauchen wir Ihren Chip.»

«Wie soll das gehen?»

«Überlassen Sie das am besten uns. Sie tun Ihren Teil dazu und wir unseren.»

«Warum sollte ich Ihnen trauen, Ammer?»

«Ich sage nur ein Stichwort: medizinisches Institut.»

«Na und?»

«Es gibt da oben einen Regierungscomputer, Gerald.»

«Sie wollen mit Hilfe meines Chips ins System? Und wozu, wenn ich fragen darf?»

«Um Kontakt mit draußen aufzunehmen. Um uns nützliche Informationen zu beschaffen. Was können Sie schon dabei verlieren?»

Wenn ihn mein Vorschlag überzeugte, dann ließ er sich das jedenfalls nicht anmerken. Vielleicht brauchte er auch einige Zeit, um darüber nachzudenken. Er stand auf und ging zu seinem Bett. Es befand sich genau gegenüber, nur getrennt von uns durch einen etwa fünf Meter breiten Raum.

Dupin legte sich schweigend auf seine Matratze, die Augen geöffnet und den Blick nach oben gerichtet. Er wußte, was der Chip wert war; deshalb nahm ich an, daß er ihn nicht leichtsinnig die Toilette hinunterspülen würde.

«Und?» fragte Rita. «Wie hat er darauf reagiert?»

«Er denkt noch über seine Verdauung nach.»

Weder beim Essen noch in den Waschräumen bekamen wir einen der Wachposten zu Gesicht. Das Gefängnis war weitgehend automatisiert, vielleicht, um das Risiko, daß Häftlinge ausbrachen, möglichst gering zu halten.

Mit Essen wurden wir über kleine Paternoster in den Wänden versorgt, deren Metalltüren sich zu festgesetzten Zeiten öffneten. Es war gut und reichlich, wenn auch überwiegend synthetisch. Wir bekamen ausreichend Proteine, Mineralstoffe und Vitamine.

Für die Versuche im medizinischen Labor konnte man sich mit Hilfe von kleinen gelben Karten anmelden, die in den Fächern der Paternoster bereitlagen.

Mit Ihrer Bereitschaft, an medizinischen Versuchen teilzunehmen, erweisen Sie Ihren kranken Mitbürgern im Bund einen großen Dienst! Diese Versuche sind in der Regel nicht gefährlich für Ihre Gesundheit, könnten aber zeitweilig zu Beeinträchtigungen führen.

Gez. Oberste Überwachungsbehörde des Demokratischen Grünen Bundes

Rita und ich füllten die Karten sorgfältig aus. Doch obwohl andere, die sie viel später als wir ausgefüllt hatten, bereits Zugang zum medizinischen Bereich hatten, bekamen wir keine Erlaubnis.

Rita hatte mit Bahr Kontakt aufgenommen, der selbst nicht im medizinischen Institut arbeitete, weil er keine Ausbildung dafür besaß. Er, Gordon und der junge Hare bewohnten einen Bettentrakt ganz außen im Saal neben den Waschräumen, wo man die meiste Zeit ungestört war.

Winston Hare hatte im Labor einen kleinen Fusionsofen organisiert, mit dem wir Tee kochen konnten.

Ernst Bahr war der eigentliche Kopf der Opposition. Er hatte in Paris und Leipzig Philosophie gelehrt, ehe man ihm wegen seiner Kritik am System die Professur entzog. Er konnte sich gut daran erinnern, daß Hal Gordon mir damals die Schlüssel zur Etage über ihren Räumen ausgehändigt hatte.

«Wir wurden einen Tag später verhaftet», sagte er. «Wegen Kollaboration mit dem Feind.»

«Sie standen schon vorher auf der Abschußliste.»

«Was halten Sie von meiner Idee, Professor?» fragte Rita. «Es wäre doch eine Chance, hier herauszukommen?»

«Ja, vielleicht ...»

«Wir könnten es schaffen, wenn alle an einem Strang ziehen.»

«Glauben Sie denn, daß Dupin bereit ist, mitzumachen?»

«Er hat gar keine andere Wahl. Es ist nur noch eine Frage der Zeit», sagte ich.

«Wir müßten Kontakt mit draußen aufnehmen», sagte Bahr nachdenklich. «Mit jemandem, der sich für unsere Informationen interessiert und in der Lage ist, uns hier herauszuholen.»

«Ich denke, die Wachen sind genauso bestechlich wie überall in der Welt.»

«Das größte Interesse dürfte UA haben. Wir wollen den Sturz des Systems, Ammer. Wenn meine Vermutungen über den Zustand des Bundes zutreffen, würde United America zweifellos seine Pläne zu einer Allianz der Machtblöcke aufgeben. Allein dieser Umstand dürfte der Präsidentin bei der Wahl einen entscheidenden Schlag versetzen.»

«Glauben Sie denn, daß irgend jemand von den Häftlingen Kontakt nach draußen hat?» fragte Rita.

Bahr blickte sich vorsichtig um. «Wir könnten Dupins Sender aktivieren. Wenn ich Sie richtig verstehe, haben Sie auf elektronischem Wege den Chip für seine Funkverbindung lahmgelegt. Winston glaubt, daß er das im Labor wieder hinkriegen könnte.»

«Und danach?» fragte ich.

«Wir könnten mit unseren Freunden im New Yorker Büro der Organisation Kontakt aufnehmen.»

«Sie glauben, die wären in der Lage, uns hier herauszuholen?» fragte ich zweifelnd.

«Nicht unsere Leute. Sie würden es an den Geheimdienst von UA weitergeben.»

«Besser, als hier zu sitzen und gar nichts zu tun», sagte Rita.

Am Nachmittag desselben Tages wurden wir zum Verhör abgeholt. Einen Moment lang argwöhnte ich, man hätte unser Gespräch belauscht. Aber das Quietschen der Betten im Saal und das Rauschen des Wassers in den Waschräumen neben Bahrs Bett bildeten eine zu störende Geräuschkulisse, als daß es technisch leicht zu bewerkstelligen gewesen wäre.

Der kahle Raum, in den man uns brachte, war abgedunkelt und glich dem unseres ersten Verhörs – mit dem einen Unterschied, daß diesmal am Tisch linker Hand keine Kommission saß, die über uns entschied.

Der Mann am anderen Tisch war Leutnant Prosper. In der Ecke hinter ihm saß Raoul Weber, eine aufgeschlagene Mappe mit Papieren auf den Knien.

«Kommen wir gleich zur Sache», sagte Prosper. «Ich habe nur einige wenige Fragen an Sie – aber die Antworten auf diese Fragen könnten über Ihr Leben entscheiden. Überlegen Sie sich also Ihre Antworten gut. Meine erste Frage lautet: Sind unsere Gegner schon im Besitz von EPOS-X?»

Ich schüttelte den Kopf.

«Und Sie, Rita? Was glauben Sie?»

«Nein, eindeutig nein.»

«Wer ist Ihr Auftraggeber?»

«Anwalt Ezard Spell», sagte Rita. «Er hat mich beauftragt, Gerald Dupin abzufangen.»

«Spell allein?»

«Sein Wahlkampfteam – der engere Kreis seines Wahlkampfteams – gab mir meine Instruktionen über EP-W-X-200-1351. Den Rest kennen Sie ja schon. Frank wußte nichts von Spell. Man wollte nicht, daß er zuviel erfuhr. Inzwischen habe ich mich übrigens von Ezard Spell losgesagt.»

«Und sagen Sie uns auch, wieso?»

«Weil er keinen Finger rührte, um uns zu helfen, als wir in Haft waren», sagte Rita wütend. «Und weil er hinter unserem Rücken Kontakt mit Dupin aufnahm, während wir für ihn unser Leben riskierten.»

«Er kann Ihnen auch jetzt nicht helfen», erklärte Leutnant Prosper lächelnd. «Die Gullys sind die sichersten Gefängnisse der Welt.»

«Wenn ich Ihnen meine Kooperation anbieten kann, um diesen verdammten Scheißkerl zur Strecke zu bringen, dann will ich gern ein paar Jahre dafür absitzen.»

«Kooperation? An welche Art von Kooperation denken Sie dabei?»

«Nun, ich könnte Spell vor Gericht damit belasten, daß er mich beauftragt hat, mich mit illegalen Mitteln in den Besitz geheimer Regierungsdaten zu bringen.»

Ein verstehendes Grinsen zog über Leutnant Prospers Gesicht. Er blickte fragend zur Präsidentin hinüber. Aber Raoul Weber schüttelte unmerklich den Kopf.

«Dann bleibt mir nur noch eine Frage», sagte Prosper. «Wieviel hat Ihnen General Ahmer für EPOS-X geboten?»

«Zehn Millionen Euro.»

Er nickte zufrieden, als hätte er mit einem Kaufpreis in dieser Höhe gerechnet.

«Dupins Datenspeicher wurde nach seiner Verhaftung für immer gelöscht. Das bedeutet, die Daten von EPOS-X sind nicht wiederherstellbar. Wir haben bereits einen anderen Kurier auf den Weg nach UA geschickt. Sollte sich zeigen, daß irgend jemand in der Welt – sei es nun Spell und sein Wahlkampfteam, General Ahmer oder ein anderer – doch über EPOS-X verfügt, werden wir das als klaren Beweis dafür ansehen, daß Sie uns belogen haben. Es würde für Sie die sofortige Liquidation bedeuten.»

«Und später?» fragte ich. «Was, wenn Sie zu der Überzeugung gelangen, daß niemand sonst im Besitz des Verschlüsselungssystems ist?»

«Dann wird man Ihnen den Prozeß wegen Hochverrats machen.»

Leutnant Prosper wandte sich fragend auf seinem Stuhl nach hinten.

«Noch irgendwelche Fragen, Raoul?»

«Was, glauben Sie, bezweckt Ezard Spell mit dem System?» fragte die Präsidentin. «Wenn er die Wahl gewinnt, verfügt er ohnehin über EPOS-X, denn es wird von der jeweiligen Regierung benutzt. Welchen Vorteil könnte es ihm *vor der Wahl* verschaffen?»

«Das habe ich mich ehrlich gesagt auch schon gefragt», sagte ich.

«Rita?»

«Darüber hat er sich nie geäußert.»

«Sie haben nicht versucht, zu erfahren, warum er so versessen darauf ist?» erkundigte sich die Präsidentin ungläubig.

«Ich nahm an, er versprach sich damit Zugang zu geheimen Daten und Verhandlungen der Regierung.»

«Und haben Sie auch eine Vermutung, welche Art von Daten das sein könnten?»

«Nun, es war immer von Geheimverhandlungen der UA die Rede, von einer Allianz gegen die Dritte Welt.»

Die Präsidentin nickte, als stellte sie diese Antwort zufrieden.

«Danke, keine Fragen mehr, Leutnant Prosper.»

SIEBEN «Sie befürchten, daß Ezard Spell sich mit EPOS-X geheime Regierungsinformationen verschafft», sagte ich, als man uns wieder in den Häftlingsblock zurückgebracht hatte. «Da ist irgend etwas, vor dem sie eine Menge Angst haben.»

«Und was sollte das sein?» fragte Rita. Sie saß auf dem Etagenbett und ließ ihre hübschen Beine baumeln. Mittlerweile war der grün-weiß-gelbe Nagellack ihrer Zehennägel nur noch eine schlechte Karikatur der Flagge des Bundes.

«Keine Ahnung. Irgend etwas, das ihren Wahlsieg gefährden könnte, wenn ich mal raten soll.»

«Ja, möglich ...»

Ich kochte uns gerade Tee auf dem kleinen Fusionsofen, den Winston Hare organisiert hatte, als Gerald Dupin um die Ecke unseres Etagenbetts bog. Er war unrasiert und sah übernächtigt aus, obwohl er hier wohl alle Zeit der Welt zum Schlafen hatte.

«Trinken Sie eine Tasse Tee mit uns, Gerald? Das ist echter Assam, nicht dieses Synthetikzeug, das überall angeboten wird.»

«Gern.»

Ich faltete meine Bettdecke zusammen, damit er sich setzen konnte.

Dupin streckte den Arm aus und öffnete langsam die Faust. Auf seiner Handfläche lag der Goldchip.

«Na also», sagte ich und versuchte ihm den Chip abzunehmen. Aber er schloß blitzschnell seine Hand zur Faust und zog sie zurück.

«Nein, das könnte Ihnen so passen.»

«Wir brauchen ihn für den Computer im medizinischen Institut.»

«Nicht ohne mich. Der Chip ist alles, was ich habe, um hier herauszukommen. Meine Lebensversicherung», fügte er hinzu und steckte ihn in die Hosentasche.

«Gut, einverstanden.»

«Was heißt einverstanden?»

«Sie bleiben dabei. Sie behalten den Chip.»

«Woher der plötzliche Sinneswandel?» erkundigte er sich mißtrauisch.

«Da ist nur noch ein Punkt, auf den wir uns einigen müssen, Dupin. Einer unserer Freunde von der Opposition, Winston Hare, glaubt, daß er Ihre Zentraleinheit wieder reparieren könnte.»

«Machen Sie sich keine Hoffnungen. Meine Daten wurden für immer gelöscht.»

«Es geht um den Sender. Wir könnten vielleicht Kontakt mit UA aufnehmen.»

Rita und ich hatten noch einmal unsere Anmeldekarten für das Labor ausgefüllt, mit den gleichen Eintragungen. Dupin reichte seine am selben Tag ein, was offenbar bedeutete, daß er einverstanden war.

Diesmal fügte ich hinzu:

Ich wünsche mir nichts sehnlicher, als mein Leben und meine Gesundheit in den Dienst des Bundes zu stellen!
Frank Ammer

So plump diese Anbiederung auch war, sie verfehlte nicht ihre Wirkung. Nach drei Tagen lag ein Formular in meinem Fach, mit dem mein Gesundheitszustand eingestuft werden sollte. Die entscheidende Frage war handschriftlich angefügt. Sie lautete:

Sind Sie bereit, in Sonderversuche einzuwilligen, um den unheilbar Kranken des Bundes zu helfen?

Rita und Dupin hatten ihre Zulassung bereits erhalten, bevor ich mein Ja unter die Frage setzte, und mußten kein weiteres Formular ausfüllen.

Der Zutritt in den medizinischen Bereich wurde durch eine Schleuse mit Iriskontrolle geregelt. Der Schleusenraum entpuppte sich als Fahrstuhl. Die rund zwanzig Versuchspersonen, vor allem Männer, machten einen eher teilnahmslosen Eindruck, als wollten sie die Sache möglichst schnell hinter sich bringen. Einige husteten, andere sahen bleich und angegriffen aus.

«Werden in allen Gullys solche Versuche gemacht?» fragte ich Gordon, während wir mit dem Fahrstuhl nach oben fuhren.

«Nein, soviel ich weiß, nur in diesem Gefängnistrakt. Die meisten Häftlinge lassen sich hierher versetzen, um in den Genuß von Vergünstigungen zu kommen. Nur ganz wenige gelangen ohne Antrag hierher. Es scheint davon abzuhängen, wie viele Plätze frei sind.»

«Was sind das für Vergünstigungen?»

«Unser Gully ist nicht so überbelegt. Es gibt freie Betten. Sie können sich Ihren Platz aussuchen.»

«Das ist alles?»

«Das Essen ist besser und reichhaltiger.»

«Aber dafür riskiert doch niemand seine Gesundheit?»

«Es heißt, man sammele Punkte für eine Wiederaufnahme seines Verfahrens. Mit einem Verteidiger eigener Wahl.»

«Demnach sind die Häftlinge rechtskräftig verurteilt?»

«Die meisten. Andere warten noch auf ihren Prozeß.»

«Rita und ich hatten kein Verfahren.»

«Sie sind wohl auch ein Sonderfall», lachte Gordon. «Wie ich hörte, haben Sie sich mit der Präsidentin des Bundes angelegt?»

Winston Hare hatte bereits alles für die Operation vorbereitet. Er und Hal Gordon bedienten ein Gerät, das als *Inhalator* bezeichnet wurde. Sie konnten relativ frei arbeiten. Ein Dreißig-Punkte-Plan schrieb ihnen vor, welche Untersuchungen unbedingt erledigt werden mußten und welche nur empfohlen wurden, soweit es der Gesundheitszustand der Häftlinge zuließ.

Man saß in einer Art Zahnarztstuhl, leicht nach hinten gebeugt, damit der Brustraum mit der Lunge und den Bronchien nicht eingeengt wurde. Ich bekam einen Schlauch mit Mundstück und mußte eine Reihe von Atemübungen absolvieren.

«Wissen Sie, was die Daten auf dem Bildschirm bedeuten?» fragte ich Hare, als ich fertig war.

«Wir können nur einen Teil davon analysieren, der Rest ist codiert.»

Hal Gordon untersuchte Rita nebenan, während Dupin noch auf seinem Stuhl an der Wand saß und das seltsame Schauspiel mit offensichtlicher Skepsis beobachtete.

«Was glauben Sie?» fragte ich. «Warum betreibt man so viel Geheimniskrämerei?»

«Vermutlich, weil es sich um Versuche mit Schadstoffen handelt, die überall in unserer Atmosphäre zu finden sind», erklärte Gordon.

«Gefährliche Schadstoffe?»

«Das will ich wohl meinen ...»

Ich dachte daran, was mir Bahr über streng geheime Giga-Atomkraftwerke der fünften Generation gesagt hatte. Und daß unser angeblich so harmloser Fusionsmotor die Umwelt verseuche. In den letzten fünfzig Jahren war die Sterberate im Bund auffallend angestiegen …

«Woran denken Sie? An die Defekte unseres Immunsystems? An die Blutwäsche, die man jetzt immer öfter dagegen einsetzen muß?»

«Nicht allein. Es gibt ein ganzes Bündel von Faktoren. Und die sind ausnahmslos auf den Mißbrauch der Technik zurückzuführen.»

«Trotz unserer grünen Superdemokratie?»

«Es gibt technische Zwänge. Wenn man seinen Wohlstand und seine Macht sichern will, ist man gezwungen, Opfer zu bringen.»

«Sie meinen, *andere* müssen diese Opfer bringen, Hal?»

«Dann wissen Sie, was uns als Opposition unter den Fingernägeln brennt», erklärte er lächelnd.

Ich stand auf. Mir war ein wenig schwindelig, und zwischen meinen Schläfen breitete sich ein eigentümliches Gefühl der Leere und Kälte aus. Ich stolperte und ging in die Knie. Einen Augenblick lang wußte ich nicht mehr, wo ich mich befand …

«Das geht vorüber», sagte Winston Hare. Er griff mir unter die Arme und brachte mich zu einem Stuhl an der Wand. «Dupin, darf ich bitten? Jetzt sind Sie an der Reihe.»

Ich ließ mich, nach Luft schnappend, auf den Stuhl sinken. Rita war ebenfalls fertig und nahm neben mir Platz. Aber entweder vertrug sie die Prozedur besser, oder ihr Programm war nicht dasselbe.

Winston Hare drehte die Lampe über dem Untersuchungsstuhl so, daß ihr Schirm genau zwischen dem Videoauge an der Apparatur und Dupins Kopf lag. Ich nahm an, daß das nur eine Vorsichtsmaßnahme war.

«Werden wir denn nicht überwacht?» fragte ich.

«Anscheinend nicht. Wozu auch? Der Gefängnistrakt ist hermetisch abgeschlossen. Was immer wir tun – ob wir uns gegenseitig umbringen oder Selbstmord begehen: Es bleibt im System!»

Hare zog den Goldchip vorsichtig mit einer Spezialzange heraus. Dann schraubte er die winzige Spule mit dem Überspannungsschutz ab, überbrückte die durchgebrannte Sicherung unter der Lupe und setzte die Zentraleinheit wieder ein.

«Fertig. Fangen wir an zu senden.»

Ein Kabel wurde an Dupins Schläfe angebracht. Hare schloß es an das Haustelefon an und wählte eine Nummer.

Ohne Telefon konnte man mit dieser Art von Implantat lediglich einige wenige Signale per Druckkontakt senden. Da Dupin von der Regierung beauftragt gewesen war, würde jedes abgehende Not- oder Peilsignal unweigerlich in der Regierungszentrale landen. Ein gewöhnliches Telefon umging diese Schaltung.

«Die Zeitansage», sagte er und nickte mir zu. «Wir sind draußen. Wir haben Verbindung!»

«Gratuliere», sagte Gordon und streckte seine Hand aus. «Das wäre der erste Schritt. Geben Sie mir den Chip, Gerald?»

«Kann ich das Gerät selbst bedienen?»

«Gern, wenn Ihnen so viel daran liegt?»

Dupin setzte den Goldchip in die Halterung, die ihm Gordon reichte, und schob ihn in das Speicherlaufwerk. Dann tippte er den Code in die Tastatur.

Auf dem Bildschirm erschienen wieder die graphisch aufbereiteten Basenfolgen seiner DNS, die den Zugangscode von EPOS-X und den Schlüssel zu den Daten des gesamten Codierungssystems darstellten.

Rita schob einen Drehstuhl neben Dupin. «Jetzt kommt mein Teil der Aufgabe ... darf ich?»

Dupin rückte nur unwillig beiseite. Er blieb in der Nähe des Laufwerks sitzen, wo sich der Chip befand. Rita gab eine Reihe von Codes ein.

Offenbar wußte sie, was sie wollte. Es war der Zugang zum Wahlkampfcomputer der Regierung.

Gordon und Hare sahen ihr interessiert über die Schulter.

«Das wär's schon», sagte sie. «Wir haben Zugang – wie ich vorausgesagt hatte.»

Auf dem Bildschirm erschien eine Reihe von Analysen: nüchterne Daten und Fakten, die höchstens für Insider verständlich waren. Aber Rita hatte es auch gar nicht auf Details abgesehen, sondern auf die Schlußfolgerungen, die man daraus in der Wahlkampfzentrale der Regierung zog.

Sie ließ sich Teile des Textes ausdrucken.

«Hier haben wir auch schon eine interessante Neuigkeit! Sieh dir das an, Frank. Von wegen, sie haben erst einige Großstädte unter Überwachung, wie Prosper behauptet hat. Und die kontrollierten Flächen des Bundes wachsen nicht nur um 0,0027 Prozent täglich, sondern um 0,03 Prozent. Das heißt, sie werden bald den ganzen Bund mit ihren Abhöranlagen vernetzt haben. Es gibt einen Vermerk, daß Spell von diesen Machenschaften Wind bekommen hat und sie zu Beginn der heißen Wahlkampfperiode ins Spiel bringen will.»

«Reicht das, um der Präsidentin das Genick zu brechen?» fragte ich.

«Nein, wahrscheinlich nicht. Aber es ist ja auch erst der Anfang.»

Wieder fuhren ihre Finger mit großer Geschicklichkeit

über die Tastatur, als hätte sie nie etwas anderes getan. Offenbar verschaffte ihr das EPOS-X-System Zugang zu allen Datenbereichen.

«Sieh mal einer an, geheime Strategiepapiere ... Und hier ist alles aufgeführt, was sie bisher über die Pläne der Opposition zur Wahlkampfführung in Erfahrung gebracht haben. Auch ein Vermerk, daß Ezard Spell plant, sich in den Besitz von EPOS-X zu bringen.»

«Sagen sie, warum Spell daran interessiert ist?»

«Nein, hier steht lediglich ein Verweis auf den Regierungscomputer der Zentrale.»

Damit meinte sie wohl das Datenzentrum im Keller des Regierungssitzes, den ovalen Raum mit seinen kreisförmig angeordneten Flachbildschirmen, wo wir mit Prosper und Dupin gewesen waren.

«Also nichts wie hinein ins Allerheiligste des Bundes», sagte ich aufgekratzt. «Wollen doch mal sehen, welche Gemeinheiten Raoul Weber unter dem Bett versteckt hat ...»

Rita tippte den Zugangscode des Systems ein. Aber der Bildschirm zeigte nur zwei überkreuzte rote Balken.

«Was bedeutet das?» fragte ich.

«Keine Legitimation», sagte sie enttäuscht. «Der Zugang zu internen Informationen erfolgt ausschließlich über das Datenzentrum der Regierung.»

«Heißt das, wir kommen zwar mit EPOS-X ins Allerheiligste, aber nur vom Datenzentrum im Regierungssitz aus?»

«Scheint so, ja ...»

«Wir müssen für heute Schluß machen», warnte Gordon. «Das Zeitlimit ist überschritten. Der Computer des medizinischen Instituts registriert genau, ob wir im Rahmen der Untersuchung bleiben.»

ACHT «Was nun?» erkundigte sich Dupin, als wir wieder in den Häftlingstrakt zurückgekehrt waren.

«Das war erst der Anfang», beruhigte ich ihn. «Wir brauchen schon ein paar Tage, bis wir genügend Daten gesammelt haben.»

«Aber Sie kommen nicht ins System?»

«Wir *waren* im System, Dupin. Das müßten Sie doch als Experte selbst am besten wissen. Daß der interne Datenspeicher der Regierung nur vom Regierungssitz aus zugänglich ist, konnte niemand ahnen.»

Ernst Bahr hatte uns alle zu einer ersten Lagebesprechung eingeladen. Der Teekessel auf dem Fusionsofen blubberte. Damit niemand im Saal Verdacht schöpfte, hatte Bahr eine Seite des Bettenvierecks mit Wäsche verhängt. Das war durchaus üblich, weil die Häftlinge selbst im Waschraum für ihre Sachen zu sorgen hatten. Bahr besaß keinen Zugang zur medizinischen Abteilung, weil seine Bewerbung abgelehnt worden war. Vielleicht, weil man befürchtete, die Erkrankung eines prominenten Regimekritikers könnte in der Öffentlichkeit Aufsehen erregen.

«Ich habe Sie alle hierher gebeten, weil wir in den nächsten Tagen ohne Wenn und Aber zusammenarbeiten müssen», begann Bahr. «Es gibt prinzipiell zwei Möglichkeiten, diesen unangenehmen Ort zu verlassen. Die eine besteht darin, genügend relevante Informationen zu sammeln und draußen anzubieten. Das könnte wohl nur über die politischen Gegner des Bundes gelingen – und über die Bestechung der Gefängnisbeamten.

Um die zweite Möglichkeit wird sich unser Datenexperte Winston Hare kümmern. Er vermutet, daß man mit EPOS-X auch in den internen Datenbereich des Gefängnisses eindringen kann, über den sich die Türen öffnen lassen. Wir schätzen, daß wir uns in etwa sechzig bis achtzig Meter Tiefe befinden. Angeblich liegen die Gullys in etwa fünfzig Meter Tiefe. Rechnen wir noch einige Etagen hinzu, dann dürften wir mit unserer Schätzung richtig liegen. Wie Sie sich erinnern, gab es bei der Einlieferung zwei Kontrollen: am Eingang und im Fahrstuhl. Der Fahrstuhl bewegt sich ohne Halt zwischen Eingangshalle und Etage.»

«Warum versuchen wir nicht einfach wie schon früher, EPOS-X an den Mann zu bringen?» fragte Dupin.

«Wenn Sie uns einen Interessenten vermitteln, der Kontakt zum Wachpersonal hat? Weshalb nicht?»

«Die Möglichkeit, per Computer ins Schließsystem der Haftanstalt einzudringen, ist gar nicht mal so abwegig», meldete sich Hare.

«Ich mache Sie darauf aufmerksam, daß sich mein Chip nicht duplizieren läßt», erklärte Dupin. «Also keine faulen Tricks. Ich möchte dabei sein, wenn er verwendet wird.»

«Kein Problem», sagte Bahr. «Niemand will Sie hereinlegen. Wir haben alle dasselbe Interesse. Verkaufen Sie den Chip an die Gegner des Bundes, wenn wir draußen sind.»

«Parallel zu Winstons Versuch, das Schließsystem zu knacken, sollten wir so viele brisante Informationen aus den geheimen Archiven der Regierung kopieren, wie wir können», meldete sich Rita zu Wort.

«Mich interessieren vor allem folgende Punkte», sagte Bahr. «Stimmen die Gerüchte über geheime Atomkraftwerke? Ist der Fusionsmotor schädlich? Ist es wahr, daß im Bund eine eigens gegründete Fahndungsgruppe des Staates Mißbildungen aufspürt, die vor der Öffentlichkeit geheimgehalten werden?»

«Das System steht unserer Einschätzung nach kurz vor dem Kollaps», sagte Hal Gordon. «Also wird uns jede Information nützlich sein, um den Wahlsieg von Raoul Weber zu verhindern.»

«Was ist mit den Geheimverhandlungen zwischen UA und dem Bund?» fragte ich.

«Die gehören unbedingt dazu», bestätigte Bahr.

«Wir sollten auch versuchen herauszufinden, ob es wirklich Angriffsabsichten der Dritte-Welt-Staaten gibt.»

«Wie lange, schätzt du, brauchen wir dazu, Winston?» erkundigte sich Hal Gordon.

«Drei oder vier Tage.»

«Also dann ...» Bahr hob seine Teetasse und prostete uns zu.

Einen Tag nachdem wir ins System eingedrungen waren, bekamen wir zum ersten Mal Wachposten zu Gesicht, leibhaftige Menschen aus Fleisch und Blut. Es gab sie also doch, die Gefängnisse waren noch nicht vollständig automatisiert. Rita hatte sich gerade die Haare gewaschen, als eine Sirene ertönte. Der Ton war so schmerzhaft, daß man sich unwillkürlich die Ohren zuhielt.

Drei Männer in schwarzen Kampfanzügen mit Schnellfeuergewehren traten aus dem Fahrstuhl.

«Alles vortreten!» dröhnte eine Stimme aus den Lautsprechern an der Hallendecke. «Hände gut sichtbar hinter den Nacken legen!»

Die meisten Häftlinge schienen diese unfreundliche Art der Inspektion schon zu kennen. Sie erhoben sich murrend von ihren Matratzen. Die Gruppen lösten sich auf und bildeten lange Reihen zwischen den Etagenbetten.

«Wenn Sie Mitteilungen an unser Wachpersonal über Meuterei- oder Ausbruchsversuche oder andere Arten der Konspiration zu machen haben», fuhr die Männerstimme aus dem Lautsprecher fort, «dann treten Sie jetzt zwei Schritte vor. Jeder zweckdienliche Hinweis wird mit sofortiger Freilassung belohnt.»

«Nichts als leere Versprechungen», sagte jemand halblaut hinter uns. «Man wird einfach in eine andere Abteilung verlegt ...»

Ein oder zwei Minuten vergingen, aber niemand trat vor.

«Ich wiederhole noch einmal: Wenn Sie Mitteilungen an unser Wachpersonal über Meuterei- und Ausbruchsversuche oder andere Arten der Konspiration zu machen haben, dann treten Sie jetzt zwei Schritte vor.»

Keine Reaktion. Nach weiteren zwei Minuten trat ein alter Mann vor, hob seine Hand und sagte, er müsse dringend pinkeln. Das Publikum reagierte mit Gelächter. Der Alte machte mit zwei Fingern das Siegeszeichen und trat in seine Reihe zurück.

Die Männer in den Kampfanzügen schien das alles nicht weiter zu beeindrucken. Sie begannen die Betten zu inspizieren. Decken wurden mit den Gewehrläufen weggeschoben. Einer trat einen Packen Wäsche mit dem Fallschirmspringerstiefel auseinander. Der ganze Spuk dauerte nicht länger als fünfzehn Minuten. Dann waren sie wieder im Fahrstuhl verschwunden.

«Das war's», sagte Bahr zufrieden. «Jetzt haben wir erst mal bis auf weiteres Ruhe.»

Rita hatte inzwischen einiges an brisanten Daten aus dem System ausgedruckt, und Bahr saß fast den ganzen Tag in seinem Bettenverschlag und studierte die Papiere. Sie bestätigten seine schlimmsten Befürchtungen. Die Fehlreaktionen des menschlichen Hormonsystems hatten erschreckend zugenommen, und der Hauptgrund dafür war offensichtlich die Giftigkeit des vielgepriesenen Fusionsmotors. Als er in der ersten Hälfte des Jahrtausends den Benzinmotor abgelöst hatte, war man davon ausgegangen, er sei absolut umweltverträglich und führe zu keinerlei gesundheitlichen Belastungen.

Den gefährlichsten Einfluß hatten jedoch die geheimen unterirdischen Atomkraftwerke, die offenbar überall im Bund gebaut worden waren. Ihre Radioaktivität war in die Wasserreservoire eingedrungen, und das hatte in den letzten Jahrzehnten zu den zahllosen genetischen Erkrankungen geführt, denen man überall in Europa begegnete.

«Material gegen die Regierung in Hülle und Fülle», sagte Bahr. «Wenn das an die Öffentlichkeit dringt, wird es die Präsidentin zu Fall bringen.»

Hal Gordon analysierte die medizinischen Befunde. Mit Hilfe der Schlüssel des Gesundheitssystems gelang es ihm herauszufinden, wozu die Versuche an den Häftlingen dienten. Sie wurden mit der zehnfachen Dosis aus Giften des Fusionsmotors belastet, um Werte für eine allgemeine Belastungsgrenze zu finden.

«Ich glaube, wir haben genug Material», sagte Gordon. «Wenn das UA nicht von seinen Plänen zur Allianz abbringt, dann ist den Eierköpfen in New York nicht mehr zu helfen.»

«Fehlt nur noch unser Kontakt nach draußen.»

«Winston arbeitet daran. Er ist schon im System, aber es ist nicht so einfach, wie wir hofften, die Schaltungen zu analysieren.»

NEUN «Sieht nicht gut aus», sagte Rita. «Ich weiß nicht, wie viele Tage wir jetzt schon in diesem Loch sitzen. Und sie haben's nicht mal geschafft, mit ihren Leuten in New York Kontakt aufzunehmen.»

Wir waren in einen der Waschräume gegangen, um uns ungestört unterhalten zu können.

«Und dieser Hare hat immer noch keinen Dreh gefunden,

das Schließsystem des Gullys außer Kraft zu setzen», fuhr sie wütend fort. «Wir werden hier nie herauskommen, wenn wir uns auf diese Einfaltspinsel verlassen.»

«Wenn ich richtig vermute, hast du schon irgend etwas im Sinn?»

Rita sah skeptisch zur Decke hinauf, wo sich die Videoaugen der Überwachungskameras befanden. Das Rauschen des Wassers in den Räumen nebenan mit ihren offenen Wänden war so laut, daß man unser Gespräch unmöglich abhören konnte. Aber um keinen Verdacht zu erregen, ging sie an eines der langen Waschbecken aus Edelstahl und begann ihren Ärmel mit einem Schwamm zu reinigen.

Ich stellte meinen rechten Schuh auf die Kante des Bekkens, begutachtete ihn kopfschüttelnd von allen Seiten und widmete mich dann ebenfalls mit dem Schwamm einem imaginären Flecken an meinem Absatz.

«Ist dir klar, wieviel Schaden wir dem System mit EPOS-X zufügen können?» flüsterte sie mir zu.

«Schaden?» fragte ich. «Inwiefern?»

«Wir könnten mit den Codes Datenbestände der Regierung zerstören.»

«Und dann?»

«Stell dir vor, die Energieversorgung in Brüssel oder im ganzen Bund fiele aus.»

«Deshalb würde uns hier immer noch keiner die Türen öffnen, oder?»

«Alle elektrischen Systeme der Stadt kollabieren, Frank. Die Fahrstühle fallen aus. Die Computer versagen ihren Dienst. Die Überwachungskameras, die Abhörsysteme. Die Krankenhäuser ...»

«Hört sich an, als wäre der Krieg ausgebrochen.»

«EPOS-X könnte viele wichtige Daten zerstören. Es würde den Bund im Lebensnerv treffen.»

«Wenn die Fahrstühle ausfallen, gibt's auch keinen Weg mehr aus diesem Rattenloch nach oben, oder? Wir befinden uns fünfzig Meter unter der Erde.»

«Genau das ist der springende Punkt, Frank! Wir steuern das Chaos von unten aus.»

«Sie werden schnell herausfinden, wo die Sabotage herkommt. Sie werden mit Hilfe ihrer elektrischen Reservesysteme den Weg bis zum Computer des medizinischen Instituts zurückverfolgen. Sobald sie ihn abgeschaltet haben, ist es vorbei mit deinem kleinen Privatkrieg, Rita.»

«Zu dem Zeitpunkt haben wir die Befehlszentrale bereits nach außen verlegt.»

«Nach außen? Ich verstehe nicht.»

«Auf einen Computer, der unabhängig vom Netz des Bundes ist.»

«Du meinst ...?»

«Das Leihgerät der *Hard Corporation* im alten Gartenhaus in Frankfurt. Ich habe den Computer wie immer eingeschaltet gelassen, als wir losfuhren, um von außen ins System zu kommen. Wir automatisieren mit Hilfe von EPOS-X den Angriff auf den Bund. Dann setzen wir ihnen ein Ultimatum. Wir schalten uns in ihre geheimen unterirdischen Atomkraftwerke ein und jagen sie in die Luft!»

«Das kann nicht dein Ernst sein! Du willst eine atomare Katastrophe auslösen, um hier herauszukommen?»

«Nicht wirklich, Frank. Aber wissen sie denn, wie ernst es uns damit ist? Was haben wir denn schon zu verlieren? Man wird uns zum Tode verurteilen, daran besteht kein Zweifel. Sie wissen, daß wir das wissen. Leutnant Prospers Erklärungen waren doch deutlich genug. Wenn unser Ultimatum läuft, befindet sich die Hauptstadt bereits in einem desolaten Zustand. Und wir sind die einzigen, die die Katastrophe verhindern können.»

«Wenn die Präsidentin wirklich auf diesen Handel eingeht, wird man Sicherheiten verlangen.»

«Man wird versuchen, uns zu fassen. Aber warum sollten wir ein falsches Spiel spielen? Sie wissen, daß wir bekommen haben, was wir wollten, sobald wir in Freiheit sind.»

«Hm, mag sein, daß das eine Möglichkeit ist, um hier herauszukommen», sagte ich. «Eine sehr gewagte und gefährliche.»

«Ich sage ja nicht, daß wir sofort damit beginnen sollen, Frank. Es ist der letzte Ausweg für uns. Wir pokern hoch damit, gar keine Frage. Warten wir ab, ob es Bahr und seinen Leuten gelingt, nach draußen Kontakt aufzunehmen oder das Schließsystem des Gefängnisses zu knacken.»

Ernst Bahr hatte uns nach den Versuchen im medizinischen Institut zu einer weiteren Lagebesprechung eingeladen. Wieder war eine Seite des Bettenvierecks mit Wäsche verhängt, damit niemand im Saal Verdacht schöpfte.

«Ich habe eine schlechte Nachricht», begann er. «Unsere Versuche, über Telefon Kontakt aufzunehmen, sind gescheitert. Leider hat sich die telefonische Zeitansage als Ansage aus dem internen Hausnetz entpuppt. Da sind wir unserer eigenen Voreiligkeit auf den Leim gegangen. Und für den Funkverkehr nach draußen ist Dupins Sender zu schwach. Wir befinden uns zu tief in der Erde. Außerdem ist das Gefängnis offenbar mit neuester Technologie abgeschirmt.» Er machte eine Pause, um die Wirkung seiner Worte abzuschätzen.

«Winston, wie weit sind Sie mit Ihren Versuchen, das Schließsystem zu knacken?»

«Ich dachte, ich sei nahe dran», sagte Winston Hare. Er nahm seine Brille ab und blinzelte kurzsichtig in die Runde. «Aber die Schaltung des elektrischen Schließsystems ist so raffiniert aufgebaut, daß jeder zusätzliche Eingriff durch Computerbefehle zu einer Rückkoppelung führt.»

Er hob eine Skizze, um uns das Problem zu verdeutlichen. Sein Stift fuhr über eine Reihe von Linien, die mit Zahlen und Punkten verbunden waren.

«Das System arbeitet bereits mit der Verschlüsselung durch EPOS-X. Der Bund setzt alles daran, sämtliche Computersysteme auf diesen Schutz umzustellen. Rückkoppelung bedeutet soviel wie Regelkreis. Es darf kein zusätzlicher Befehl von außen hereinkommen. Das führt zu einer automatischen Datensperre. Das System ist so angelegt, daß es als Ganzes ausgetauscht werden muß, wenn man Änderungen installieren will.»

«Anders ausgedrückt», sagte ich, «Sie sehen keinen Ausweg für uns?»

«Offenbar will man damit jeden Ausbruchsversuch unterbinden.»

«Na, phantastisch. Und jetzt? Hat jemand einen anderen Vorschlag?»

«Wir sind mit unserem Latein am Ende», gab Hal Gordon zu. «Es gibt keinen Kontakt zu den Wachen. Damit ist eine entscheidende Möglichkeit unterbunden, irgend etwas durch Bestechung zu erreichen. Reguläre Nachrichten nach außen über das öffentliche Postnetz läßt der Computer nicht zu, weil sie durch die Zentrale laufen. Funkkontakt scheidet wegen der Tiefe des Gefängnistrakts aus. Und was vom Schließsystem zu halten ist, haben wir ja eben von Winston gehört.»

Ich warf einen Blick in die Runde. Ernst Bahr war dabei, für uns alle Tee zu machen. Dupin hockte auf einem Packen Decken, und Hare und Gordon lehnten am Bettgestell gegenüber. Rita saß amüsiert grinsend auf dem unteren Bett und ließ die Beine baumeln.

«Gut, halten wir fest: Wir sehen keine Möglichkeit mehr», sagte ich. «Wir könnten den Kopf in den Sand stekken und auf unsere endgültige Verurteilung warten wie die anderen Häftlinge. Oder wir erhöhen das Risiko, weil wir ohnehin nicht mehr viel zu verlieren haben ...»

«Worauf wollen Sie hinaus?» fragte Gordon.

«Gibt es hier unten einen Gefangenen, der länger als vier Monate inhaftiert ist? Nein. Und wohin werden diese Häftlinge gebracht? Niemand hat je wieder etwas von ihnen gehört. Lebenslange Haft ist eine sehr kostspielige Sache für den Bund.»

«Wie lautet Ihr Vorschlag?» fragte Bahr.

«Rita hat mich darauf gebracht. Wir könnten dem System ein wenig Feuer unter dem Hintern machen und so vielleicht unsere Freilassung erwirken.»

Ich nickte Rita zu. Sie kletterte von ihrem Bett herunter, und wir begannen den anderen unseren Plan zu erläutern. Dazu brauchten wir vor allem Dupin und Hare. Dupin, weil er den Chip besaß, und Hare, weil er noch virtuoser auf den Tastaturen der Computersysteme spielte als Rita.

Sobald Hare wieder einen Häftling aus dem Trakt behandelt hatte, widmete er sich der Eingabe von Daten über EPOS-X. Der Computer der *Hard-Corporation* arbeitete noch, er war bis zum Ende des Monats angemietet, und auch nach dem Überschreiten der Frist würde man nicht sofort von der Leitung gehen, sondern dem Mieter erst einmal ein Angebot zur Verlängerung des Vertrags senden.

So oft es ging, arbeitete Rita mit Hare zusammen. Hare hatte besondere medizinische Werte fingiert, die Rita wie ein Wundertier erscheinen ließen, dem die Giftstoffe aus dem Fusionsmotor des Bundes praktisch nichts anhaben konnten. Hare hatte daraufhin einen «erweiterten Forschungsauftrag» beantragt und auch bekommen. Angeblich wollte er herausfinden, was Ritas Immunsystem so unglaublich widerstandsfähig machte.

Sie brauchten drei Tage für unseren Plan, die Elektrizitätsversorgung Brüssels außer Gefecht zu setzen, und noch einmal zwei weitere Tage für das einzige unterirdische Giga-Atomkraftwerk im Großraum Brüssel.

Als Rita unser Ultimatum an die Regierung übermittelte, waren im Norden und Westen der Hauptstadt bereits so gut wie alle elektrischen Versorgungssysteme zusammengebrochen. Hare und Rita hatten mit Hilfe von EPOS-X militärische Daten in allen Einheiten der Armee gelöscht. Die größte Datenbank des Bundes war ein Torso, und es würde Tage, wenn nicht Wochen dauern, sie aus den Backups zu rekonstruieren. Der Bildschirm meldete fast im Sekundentakt den Zusammenbruch der europäischen Einwohnerdatenbank, des weltweiten Fahndungssystems und der Datenkontrolle der Flughäfen. Und so ging es weiter: Krankenhäuser schalteten auf Notstromaggregate, das Regulierungssystem der großen Nordseeschleusen war außer Kraft gesetzt, so daß sich Frachter aus aller Welt vor den Hafenzufahrten stauten; die beiden größten Sendeanstalten waren ausgefallen. Ein kommerzieller kleiner Fernsehsender, der seinen Strom – wie sich jetzt herausstellte – über illegale Leitungen aus der Dritten Welt bezog, war eines der wenigen noch funktionierenden Kommunikationsmittel.

Der ganze Spuk dauerte nicht länger als einen halben Tag, dann hatten wir Prospers Gesicht auf dem Bildschirm.

Diesmal hatten wir uns alle im medizinischen Trakt versammelt – fest entschlossen, niemals wieder in den Häftlingstrakt zurückzukehren. Nur Bahr hatte unten bleiben müssen, weil er von der Iriskontrolle am Fahrstuhl keinen Zugang erhielt.

Rita nahm die Einstellung am Computer für mich vor, und ich setzte mich vor die Kamera über der Tastatur, um mit Prosper zu verhandeln.

«Lassen Sie mich eins zu allererst klarstellen, Prosper», warnte ich. «Wenn Sie diesen Kommunikationsweg abschalten oder auf andere Weise gegen uns agieren, tritt ein für den ganzen Bund verheerender Automatismus in Kraft, über den unsere Experten hier unten keine Kontrolle mehr haben.»

«Im Moment besteht kein Anlaß dazu», sagte Leutnant Prosper steif. «Reden Sie weiter. Was sind Ihre Forderungen?»

«Stufe zwei unseres Plans wird dazu führen, daß der Reihe nach alle unterirdischen Atomreaktoren des Bundes ...»

«Von welchen Reaktoren reden Sie?» unterbrach er.

«*Sie wissen* von der riskanten Energieversorgung des Bundes und daß man der Öffentlichkeit viele Jahre lang Sand in die Augen gestreut hat, und *wir wissen es.* Wir werden also zunächst das Kraftwerk im Großraum Brüssel durch atomaren Gau zur Explosion bringen.»

«Wie wollen Sie das bewerkstelligen?» fragte Prosper ungläubig. «Es ist das sicherste Kraftwerk, das der Bund jemals gebaut hat.»

Ich gab Rita ein Zeichen, und sie startete das Video, das wir für die Übertragung aufgezeichnet hatten.

«Hier finden Sie alle Angaben. Die Zerstörung ist bereits mittels EPOS-X über einen Computer außerhalb der Haftanstalt in Gang gesetzt worden. Dieser Prozeß läuft automatisch ab und läßt sich nur von uns persönlich stoppen. Der Preis dafür ist unsere Freiheit.»

Ich zählte ihm die Namen unserer Gruppe auf. Prosper warf einen fragenden Blick zur Seite. Offenbar befand er sich bei der Übertragung nicht allein im Raum. Ich nahm an, daß die Militärs oder sogar die Präsidentin persönlich über unsere Forderungen entschieden.

«Gut, nehmen wir an, Ihre Behauptungen träfen zu», sagte Leutnant Prosper, als ich fertig war. «Welche Sicherheiten erhalten wir von Ihnen für Ihre Freilassung?»

«Keine. Sie erhalten keine Sicherheiten, weil wir keinen Grund mehr haben, dem Bund zu schaden, wenn wir in Freiheit sind.»

«Und dieses Ultimatum … ist auf welchen Zeitpunkt befristet?»

«Bitte haben Sie Verständnis dafür, daß wir Ihnen nicht mehr als drei Stunden Zeit geben können.»

«Sie wollen verhindern, daß wir Ihren Computer ausfindig machen.»

«Während dieser drei Stunden läuft die erste Stufe unseres Zerstörungsplans weiter. Wir löschen zunächst jenen Datenbereich, der die Lohnzahlungen an die Mitarbeiter des Regierungsapparats steuert. Das führt Ihnen auf drastische Weise vor Augen, daß nicht nur ein paar Krankenhäuser, sondern jeder einzelne höchstpersönlich von unseren Aktivitäten betroffen ist. Jeder Politiker, jeder Beamte, jeder Soldat des Bundes.»

«Sie sind übergeschnappt! Das wird Ihnen der Bund niemals …»

«Danach zerstören wir den Rechner der Europäischen Zentralbank.»

Leutnant Prosper gab ein Handzeichen, und die Übertragung brach ab.

Als der Bildschirm wieder hell wurde, hatte ein zweiter Mann am Tisch neben Prosper Platz genommen. Er trug die Uniform der Streitkräfte des Demokratischen Grünen Bundes. «General Nader», stellte er sich vor. «Oberbefehlshaber der Armee. Ich bin befugt, für die Präsidentin des Bundes zu verhandeln. Wir sind bereit, auf ihre Forderungen einzugehen. Was gibt uns die Gewißheit, daß Sie nicht bluffen? Daß Ihre Aktivitäten wirklich von außen über einen zweiten Rechner gesteuert werden? Wir könnten Ihren Rechner abschalten, um das herauszufinden.»

Ich warf Rita einen fragenden Blick zu, und sie nahm neben mir vor dem Bildschirm Platz.

«Warum sollten wir einen so billigen Trick versuchen, General Nader?» fragte sie und sah auf ihre Uhr. «Wir schalten den Rechner hier im medizinischen Institut jetzt von eigener Hand ein. In genau achtundfünfzig Minuten – um 19 Uhr – wird unser Rechner außerhalb der Haftanstalt eine Explosion im Wahrzeichen der Hauptstadt auslösen.

«Im Wahrzeichen der Stadt?» fragte General Nader vorgebeugt.

ZEHN Zwei Wachleute brachten uns fünfzehn Minuten vor Ablauf des Ultimatums nach oben. So lange hatte man offenbar im Krisenstab des Bundes beraten, um eine andere Lösung zu finden.

Leutnant Prosper und zwei Beamte des Sicherheitsapparats nahmen uns in der Halle in Empfang.

Prosper streckte die Hand aus. «Darf ich jetzt um den Chip mit EPOS-X bitten?» fragte er. «Sie haben doch eine Kopie angefertigt, oder?»

«Nein, es gibt keine Kopie. Sie haben geglaubt, Sie könnten Dupins Daten löschen? Aber damit sind Ihre Experten leider nicht auf dem letzten Stand der Technik.»

«Dann überlassen Sie uns Dupin», sagte er.

«Das war nicht vereinbart», lehnte ich ab. Ich schob Prosper beiseite und gab den anderen ein Zeichen, mir zum Wagen zu folgen.

«Geben Sie mir den Chip», flüsterte ich Dupin zu, als er neben mir Platz nahm.

«Wozu?» fragte Dupin.

«Weil es sicherer ist.»

Ich startete den Wagen, und wir fuhren langsam die menschenleere Straße zwischen den Regierungsgebäuden entlang. Unsere Forderung lautete: keine Peilsender, keine Straßensperren und keine Verfolger, weder auf dem Boden noch in der Luft – und soweit wir sehen konnten, hielten sie sich auch daran.

«Warum sollte er bei Ihnen sicherer sein?»

«Nun geben Sie ihm schon den verdammten Chip», sagte Rita wütend. «Wenn hier irgendein faules Ding läuft und man Sie aus dem Wagen holt, haben wir immer noch etwas in der Hand, um Ihnen zu helfen …»

Dupin wandte sich unschlüssig nach hinten.

«Gordon, Bahr, was halten Sie davon?»

«Geben Sie ihm den Chip», sagte Bahr. «Bei Ammer ist er besser aufgehoben als bei Ihnen.»

«Ich schwöre Ihnen, daß Sie ihn zurückbekommen, sobald wir den Luftraum des Bundes verlassen haben», sagte ich.

Dupin fummelte den Goldchip aus seinem linken Hosenumschlag und reichte ihn mir. Er sah nicht sehr glücklich aus dabei. Aber es war wohl der Gedanke, der Freiheit ganz nahe zu sein, der ihn schließlich doch einlenken ließ.

Wir bogen auf die Zufahrt zum Flughafen ein. Die Start- und Landebahnen lagen völlig verlassen da, weil die Datenversorgung lahmgelegt worden war.

In der Ferne brannte immer noch das Atomium. Es war zur Weltausstellung des Jahres 2660 mit Gas gefüllt worden, um – als größter jemals gebauter «Heißluftballon» – an fünfhundert Meter langen Trossen über der Stadt zu schweben. Der Widerschein des Feuers in den Spiegelfassaden der angrenzenden Hochhäuser gab dem Ganzen einen gespenstischen Anstrich.

«Wo ist unsere Maschine?» fragte Dupin. «Sie sagten doch, man würde am Ende der Rollbahn ein Flugzeug für uns bereitstellen?»

«Es landet gerade», sagte Winston Hare und zeigte durch die Scheibe zum Himmel.

Aus einem Grund, den ich nicht sofort verstand, setzte das Flugzeug am entgegengesetzten Ende der Bahn zur Landung an. Seine Scheinwerfer verlöschten, kaum daß die Räder des Fahrgestells den Boden berührt hatten.

«Na also, hat doch alles seine Ordnung», sagte Rita und stieg aus, um der landenden Maschine entgegenzugehen. «Gleich können Sie sich entspannt in Ihrem Sessel zurücklehnen. Und wenn wir erst mal in der Luft sind, wird Frank Ihnen auch Ihr verdammtes Spielzeug zurückgeben!»

Hal Gordon hatte wegen der kühlen Luft eine Wetterjacke aus dem Kofferraum des Wagens gezogen. Rita war etwa fünfzehn Meter vor uns. Ich warf einen mißtrauischen Blick zu dem dunklen Militärfahrzeug am Rand der Rollbahn.

Wäre das Flugzeug auf der regulären Seite der Bahn gelandet, hätte der Jeep wegen eines ausgehobenen Grabens neben der Asphaltdecke keinen Platz zum Parken gehabt. Plötzlich begriff ich, was das bedeutete.

«Vorsicht, der Wagen!» rief ich Rita zu. Aber das schien eher als Signal zu wirken.

Drei Männer in Kampfanzügen tauchten aus dem Schatten des Jeeps auf. Zwei von ihnen packten Rita, während der dritte breitbeinig auf der Landebahn stehenblieb und uns mit seinem Schnellfeuergewehr in Schach hielt.

«Was hat das zu bedeuten?» fragte Bahr überrascht.

«Zurück in den Wagen ...»

Wir waren kaum zwanzig Meter entfernt, als eine Salve über unser Wagendach abgefeuert wurde – Warnschüsse, nahm ich an, denn auf diese Entfernung hätten sie mit ihrer modernen Videomunition leichtes Spiel gehabt.

«Was soll das?» fragte Bahr. «Warum haben sie uns nicht schon in der Halle überwältigt?»

«Man will die Gruppe trennen.»

«Und unsere Drohung?»

«Sie brauchen Rita als Geisel. Sie benutzen sie als Druckmittel.»

«Als Druckmittel – wozu?»

«Damit wir EPOS-X nicht an die Gegenseite verkaufen. Hätten Sie uns alle gefangengenommen, wäre niemand mehr da, um den Countdown des Computers zu stoppen.»

«Und? Werden Sie ihn stoppen?» erkundigte sich Hal Gordon vom Rücksitz.

«Natürlich, was bleibt uns anderes übrig?»

«Sie geben Rita auf?» fragte Dupin ungläubig.

Ich blickte schweigend auf die Straße. Wir fuhren wieder in Richtung des Stadtzentrums. Der Feuerschein des Atomiums war jetzt kaum noch zu erkennen. In einigen Stadtteilen lieferte die Notversorgung bereits wieder Strom. Etwa ein Drittel der Straßenlaternen brannte, und die meisten Geschäfte hatten Licht.

«Schlagen Sie sich zur Grenze durch», sagte ich und stoppte den Wagen am Straßenrand. «Ich kümmere mich um Rita.»

«Aber was wollen Sie denn tun?» fragte Gordon. «Bleiben Sie lieber bei uns.»

«Ich kenne hier jeden Winkel. Allein habe ich mehr Chancen, Rita zu retten.»

«Stellen wir ihnen ein neues Ultimatum. Was halten Sie davon?»

Ich schüttelte den Kopf und stieg aus. «Alles Gute», sagte ich. «Schlagen Sie sich zur Grenze durch. Machen Sie sich keine Sorgen um mich.»

Ich hob meine Hand und verschwand in der nächsten Ladenpassage.

Gerald Dupin blickte mir durch das Beifahrerfenster mit ausdruckslosem Gesicht nach. Ich glaube, er realisierte erst einige Augenblicke später, daß ich immer noch im Besitz des Chips war. Aber da war ich schon in der Dunkelheit untergetaucht.

Es war das letzte Mal in meinem Leben, daß ich Dupin sah.

ELF Das Allerheiligste des Bundes war durch den Ausfall der Strom- und Datenversorgung immer noch in weiten Teilen lahmgelegt.

Ich ging an den dunklen Hauswänden entlang über den mit Solarsteinen gepflasterten Platz vor dem Regierungssitz und sah zum Flachdach des Gebäudes hinüber.

Die Zentrale war fast vollständig automatisiert. Normalerweise beobachtete ein Identifizierungssystem, das in den Lampen an der Decke installiert war, jeden Besucher auf Schritt und Tritt.

Ich stieg auf einen der Müllcontainer am Übergang zum Flachdach, klinkte den Eisenhaken aus, der den Deckel verschloß, und schlug damit das Fenster über mir ein.

Die Glassplitter fielen nach innen. Unter normalen Bedingungen hätte das Sicherheitssystem sofort einen Höllenlärm veranstaltet. Aber offensichtlich waren die Notaggregate noch überlastet.

Ich kletterte in den Flur hinunter und ging den Gang entlang, den ich schon von unserem ersten Besuch in der Zentrale kannte. Auf dem einzigen intakten Monitor in der leeren Wachkabine sah ich, daß im Saal nebenan ein Krisenstab tagte. Anscheinend bekamen die Mitarbeiter gerade neue Sicherheitsinstruktionen.

Das Datenzentrum befand sich im Keller. Diesmal fiel kein diffuses blaues Licht aus dem Schacht in der Mitte auf die kreisförmig angeordneten Computer. An den Wänden brannten zwei gelbe Notlampen. Ich hoffte inständig, daß das System noch arbeitete.

Aber wie ich vermutet hatte, wurden die Regierungscomputer durch Notstrom versorgt.

Ich setzte mich an den mittleren Computer, betätigte die Return-Taste, und auf dem Bildschirm erschien die Abfrage für den Zugangscode.

Rita hatte den Code von EPOS-X im medizinischen Institut auf der Rückseite des Chips eingraviert. Ich nahm eine der starken Lupen vom Schreibtisch und notierte ihn auf einem Blatt Papier. Dann legte ich den Goldchip in den Rahmen des Laufwerks und tippte den dreizehnstelligen Code ein. Als ich so weit ins System eingedrungen war, daß der Bildschirm mit zwei überkreuzten roten Balken den internen Datenbereich der Regierung signalisierte, gab ich ein weiteres Mal den Code ein. Und diesmal erhielt ich ohne weitere Abfrage Zugang …

«Na also …», murmelte ich zufrieden. «Auf ein neues. Wollen doch mal sehen, welche Gemeinheiten Raoul Weber unter dem Bett versteckt hat!»

Aber das war längst nicht so einfach, wie ich erwartet hatte. Ich forstete eine Zeitlang die Datenbanken durch –

ohne Ergebnis. Dann ging ich per Schlagwortliste vor. Ich gab den Suchbegriff «Ezard Spell» ein. Doch diese Suchmaske war immer noch zu ungenau. Ich fügte «EPOS-X» hinzu – und diesmal tauchte auf dem Bildschirm eine Analyse auf, die erklärte, warum Raoul Webers politischer Gegner so viel daran gesetzt hatte, sich vor der Wahl in den Besitz des neuen Datensystems zu bringen.

Die brisanten Punkte waren unter so harmlos klingenden Bezeichnungen wie «Zusammenschluß» und «wirtschaftliche, politische und militärische Folgen des Zusammenschlusses» zu finden.

Offenbar war das Komplott der Dritte-Welt-Staaten tatsächlich in Szene gesetzt worden, um United America als Verbündeten zu gewinnen, wie General Ahmer behauptet hatte. Die Präsidentin hatte die Absicht, die marode grüne Superdemokratie durch Unterwanderung zu retten, wobei sie sich selbst an die Spitze des neuen Staatenbunds setzen wollte. Das System stand vor dem Zusammenbruch.

Wenn Ezard Spell diese Informationen in die Hände bekam, würde er die Regierung zu Fall bringen.

Ich speicherte so viele der Informationen auf dem Goldchip ab, wie ich konnte. Nach einer guten Viertelstunde Datenübertragung zeigte das System an, daß der Speicherbereich des Chips erschöpft war. Ich nahm den Chip heraus und steckte ihn in die Tasche.

Das System arbeitete zwar immer noch, aber es bezog seine Dechiffrierungsroutinen aus dem Arbeitsspeicher. Ich ging noch einmal die Liste der brisantesten Themen durch.

Der Demokratische Grüne Bund hatte sich seinen Wohlstand vor allem mit überteuerten Krediten aus der Privatwirtschaft erkauft. Rechnete man alles hoch, war er längst in den Besitz einiger weniger Konzerne übergegangen.

Plötzlich hörte ich hinter mir leise Schritte. Ich wandte mich auf dem Drehstuhl um.

Die Präsidentin hatte den Raum betreten, einige Papiere in der Hand haltend.

Raoul Weber blieb überrascht stehen. Als sie mich erkannte, zog ein unmerkliches Lächeln über ihr Gesicht.

«Haben Sie endlich gefunden, wonach Sie suchen?»

«Das kann man wohl sagen, ja.»

Sie kam zögernd näher.

Ich zeigte auf den Stuhl gegenüber. Aber Raoul Weber setzte sich nicht, sondern blieb hinter ihm stehen und legte ihre Hände auf die Lehne.

«Glauben Sie, daß es mich zu Fall bringen könnte?»

«Sie und das ganze System.»

«Sie wollen den Bund wirklich einem räudigen Hund von Politiker wie Ezard Spell ausliefern?»

«Spell ist vermutlich auch nicht besser als die gegenwärtige Regierung.»

«Es ist immer leicht, die jeweilige Regierung der Korruption und Unfähigkeit zu bezichtigen. Politiker sind machtbesessen und denken nur an ihren eigenen Vorteil, nicht wahr? Daß der technische Fortschritt einen unerhörten Tribut fordert, war schon an der Schwelle des vorigen Jahrtausends bekannt. Der Wähler will immer beides: persönlichen Wohlstand und unbegrenzten Fortschritt. Zugleich möchte er die Natur erhalten und die Gewinne und den Machtzuwachs der Konzerne begrenzen.»

Sie legte ihre Papiere auf den Tisch und drehte den Stuhl in meine Richtung, um sich zu setzen.

«Aber allen Idealen und Wünschen gerecht zu werden war schon immer unmöglich. Der Wähler ist dumm, weil er unfähig ist, das Machbare von der Illusion zu unterscheiden. Hier auf dem Tisch liegen die Beitrittsverhandlungen mit

UA. Unser Zusammenschluß richtet sich nicht gegen die Dritte Welt, obwohl wir ihn als militärische Allianz deklarieren mußten. Es war der einzige Weg, die Hardliner auf beiden Seiten von seiner Notwendigkeit zu überzeugen. Wir haben ein wenig geflunkert, na und?

Und was bekommen wir dafür?» fuhr Raoul Weber fort. «Zum ersten Mal in der Menschheitsgeschichte entsteht ein Bund von so gewaltiger wissenschaftlicher und wirtschaftlicher Kraft, daß es gelingen könnte, die Probleme in den Griff zu bekommen. Umweltverseuchung, Krankheiten des Immunsystems, Gendefekte könnten schon bald der Vergangenheit angehören. Denken Sie an die Eroberung des Weltraums. Einzelnen Staaten wären solche Flüge wegen der immensen Kosten niemals möglich gewesen. Aber durch die Vereinigung aller Kräfte gelang es uns zum ersten Mal, das Sonnensystem zu verlassen ...»

«Waren das nicht die Argumente aller großen Eroberer?» fragte ich. «Von Alexander über Napoleon, Hitler und General Calimba, der in Afrika einen Atomkrieg auslöste, weil er glaubte, der Kontinent könne durch seinen Zusammenschluß zur Supermacht werden?»

«Wir erobern kein Land der Erde. Wir schließen uns lediglich zusammen.»

«Der letzte Versuch, sich zusammenzuschließen, forderte in Afrika zweiundzwanzig Millionen Tote. Und noch einmal zehn Millionen weltweit durch radioaktiven Fallout.»

«So schrecklich es klingt, aber vielleicht sollten wir froh darüber sein, daß es der Wissenschaft immer noch nicht gelungen ist, saubere Atomwaffen herzustellen.»

Ich deutete auf den Bildschirm. «Eben habe ich Beweise dafür gefunden, daß tatsächlich geheime unterirdische Giga-Atomkraftwerke der fünften Generation den Bund auf hochriskante Weise mit Energie versorgen. Und daß unser angeblich so ungefährlicher Fusionsmotor die Umwelt verseucht. Ist es wahr, daß die auffallend hohe Sterberate in Europa von Ihren Wissenschaftlern in den Statistiken als Unfalltote deklariert wird?»

«Hätten wir unseren Wählern lieber anbieten sollen: Reduzieren Sie Ihren Energieverbrauch auf die Hälfte! Schalten Sie die Klimaanlage ab! Verzichten Sie auf Roboter im Haus! Zahlen Sie für Ihr Solardach den doppelten Preis! Arbeiten Sie wieder mehr als drei Stunden täglich! Glauben Sie, das wäre die richtige Alternative?»

«Es wäre zumindest ehrlicher», sagte ich.

«Vor die Wahl gestellt, sich für die Wahrheit oder das eigene Wohlergehen zu entscheiden, ist das Votum der meisten Menschen leider eindeutig, Frank. Sie entscheiden sich für ihr Wohlergehen.»

«Eine sehr zynische Betrachtungsweise ...»

«Aber es ist die Wahrheit. Glauben Sie denn lieber, was Sie glauben möchten?»

Ich lehnte mich auf meinem Drehstuhl zurück und schloß die Augen, um nachzudenken. Ich ließ noch einmal Revue passieren, was in den letzten Stunden geschehen war. Ich hatte es in der Hand, das System zu stürzen – vorausgesetzt, ich kam lebend aus der Stadt.

«Was werden Sie jetzt tun, Frank?»

«Wo ist Rita?»

«Wir brauchen Ihre Freundin als Faustpfand, um zu verhindern, daß Sie und Ihre Freunde dem Bund schaden. Aber machen Sie sich keine Sorgen, es geht ihr gut.»

«Lassen Sie meine Freundin frei.»

«So einfach, ohne Gegenleistung?»

«Was verlangen Sie dafür?»

«Ihr Ehrenwort. Und alles, was Sie benötigen, um ins System einzudringen.»

Ich nahm den Chip aus der Tasche und zeigte ihn ihr.

«Sie meinen das?»

Raoul Weber betrachtete ihn eine Weile schweigend. Schwer zu sagen, ob sie überrascht war, den Chip auf meiner Handfläche zu sehen. Obwohl sie sich natürlich fragen mußte, auf welche Weise ich sonst in den geheimen Bereich des Regierungscomputers eingedrungen sein sollte.

«Wir nehmen an, es ist die einzige Kopie, die Sie von Dupins Daten anfertigen konnten?»

«Selbst wenn ich das mit allem Nachdruck behaupten würde – hätten Sie Grund, mir zu vertrauen?»

«Nein, wenn ich ehrlich bin.»

Ihr Lächeln hatte etwas Entwaffnendes. Ich begriff, warum sie die Wahlen gewonnen hatte. Es war ihr Charisma. Wir wählen immer noch weniger Programme als Personen. Und Raoul Weber wußte, daß sie die Gabe besaß, Menschen zu verführen.

«Was halten Sie davon, für mich zu arbeiten? Sie sind ein fähiger Bursche. Ich brauche Leute Ihres Kalibers, um die Wahl zu gewinnen.»

«Danke, aber nach meinen letzten Erfahrungen habe ich beschlossen, mich für den Rest meines Lebens von der Politik fernzuhalten.»

«Wir verhalten uns immer politisch», erklärte sie. «Selbst wenn wir scheinbar gar nichts tun, jede Unterlassung hat ihren politischen Einfluß.»

«Wie stellen Sie sich die Übergabe vor?»

Die Präsidentin wiegte nachdenklich den Kopf. «Sie denken an einen sicheren Austausch?»

«Wir haben immer noch unseren Computer da draußen. Er könnte Ihr System zerstören. Der Countdown läuft.»

«Ja, unsere Techniker arbeiten fieberhaft daran, das Schlimmste zu verhindern.»

«Der Datenzugang zum Brüsseler Atomkraftwerk wurde mit EPOS-X codiert. Das gleiche Sicherheitssystem über Rückkoppelung, das Sie in den Haftanstalten verwenden. Sie wissen, *wie* sicher es ist?»

«Leider sehr sicher.»

Ich erhob mich von meinem Stuhl.

«Sobald wir außer Landes sind, wird der Countdown unseres Computers gestoppt. Also werde ich jetzt einfach gehen und den Regierungssitz als freier Mann verlassen. Unsere Maschine steht hoffentlich noch am Flughafen? Schikken Sie Rita zur Startbahn zurück.»

«Einverstanden.»

«Und vergessen Sie nicht: Sollten wir von Flugzeugen des Bundes angegriffen werden, wenn wir den europäischen Luftraum in Richtung Nordafrika verlassen, bedeutet das eine Menge Ärger für Sie.»

Am Durchgang blieb ich noch einmal stehen und wandte mich fragend nach ihr um.

«Nein, ich werde jetzt nicht die Wachen benachrichtigen, falls Sie das befürchten», erklärte Raoul Weber lächelnd. «Ich vertraue Ihnen. Nehmen Sie einfach den Regierungswagen vor dem Portal. Die Chipkarten stecken in der Steuerung.»

Ich fuhr auf dem kürzesten Weg die abfallende Straße zwischen dem *Raoul-Weber-Center* und der Oberstadt mit ihren Regierungsgebäuden hinunter. Hier draußen vor dem Flughafen herrschte immer noch völlige Dunkelheit. Gewöhnlich war die Dammstraße fast taghell erleuchtet. Aber jetzt waren nicht einmal die Schleusenlichter des Brüsseler Seekanals eingeschaltet.

Dann sah ich weit draußen unsere Maschine stehen. Sie parkte mit abgeschalteten Scheinwerfern auf dem schraffierten Feld der Startbahn.

Gleich darauf verließ ein Jeep das Flughafengebäude und näherte sich im Schrittempo der Maschine. Die Beifahrertür wurde geöffnet, und eine junge Frau stieg aus.

Sie blickte sich suchend um, bis sie in der Dunkelheit die Silhouette der Maschine mit dem beleuchteten Cockpit entdeckte.

Als ich die Startbahn erreichte, war der Jeep schon wieder zum Flughafengebäude zurückgekehrt.

Ich parkte meinen Wagen am Rand der Asphaltbahn und stieg aus.

Rita blieb an der Gangway stehen und wandte sich fragend nach mir um.

«Hallo, Kleines – alles in Ordnung?»

«Großer Gott, Frank!»

Wir fielen uns in die Arme.

«Wie hast du das denn geschafft?» fragte Rita überrascht. «Ehrlich gesagt, hatte ich wenig Hoffnung, noch mal lebend aus Brüssel herauszukommen.»

Ich legte meinen Arm um ihre Schultern, und wir stiegen gemeinsam die Gangway hinauf.

An der Tür der Maschine blieb ich noch einmal stehen und hob meine Hand in Richtung Flughafengebäude. Für einen unbeteiligten Beobachter mußte es so aussehen, als winkte ich jemandem zum Abschied zu.

Dann griff ich in meine rechte Jackentasche und warf den Goldchip in hohem Bogen auf die Landebahn.

«Was war das denn?» fragte Rita, als wir in der Maschine Platz nahmen.

«Oh, nur eine kleine Zugabe», sagte ich. «Vertrauen gegen Vertrauen.»

Der Pilot wandte sich fragend nach uns um, ob wir startbereit waren, und ich nickte ihm zu.

Während unsere Maschine in Richtung Mittelmeer abhob, sah ich, wie zwei Militärfahrzeuge in hohem Tempo mit eingeschalteten Suchscheinwerfern auf die Startbahn fuhren. Ich nahm an, sie würden den Chip in weniger als fünf Minuten entdeckt haben.

Mit der heutigen Technik ist es kein Problem mehr, eine Stecknadel im Heuhaufen zu finden.

Janwillem van de Wetering

«Seine Helden sind eigensinnig wie Maigret, verrückt wie die Marx Brothers und grenzenlos melancholisch: Der holländische Krimiautor **Janwillem van de Wetering**, der mitten in den einsamen Wäldern des US-Bundesstaats Maine lebt, schreibt mörderische Romane als philosophische Traktate.»
Die Zeit

Eine Auswahl der thriller von Janwillem van de Wetering:

Ketchup, Karate und die Folgen
(thriller 42601)
«... ein hochkarätiger Cocktail aus Spannung und Witz, aus einfühlsamen Charakterstudien und dreisten Persiflagen.»
Norddeutscher Rundfunk

Habgier
(thriller 43332)

Der Schmetterlingsjäger
(thriller 42646)

So etwas passiert doch nicht!
Stories
(thriller 42915)

Ticket nach Tokio
(thriller 42483)
«Dieses Taschenbuch macht süchtig: nach weiteren Krimis von Janwillem van de Wetering und nach Japan.»
Südwestfunk

Sonne, Sand und coole Killer
Erzählungen aus dem Reisetagebuch eines Schriftstellers
(thriller 43129)

rororo thriller

Janwillem van de Wetering (Hg.)
Totenkopf und Kimono
Japanische Kriminalstories 2
(thriller 43062)

Blut in der Morgenröte
Japanische Kriminalstories 3
(thriller 43075)

Janwillem van de Wetering u. a.
Eine Leiche zum Geburtstag
Stories für blutrünstige Leser
(thriller 43273)
Bloody Bunny *Österliches für blutrünstige Leser*
(thriller 43161)

rororo thriller werden herausgegeben von Bernd Jost. Ein Gesamtverzeichnis der Reihe und aller lieferbaren Titel von **Janwillem van de Wetering** finden Sie in der *Rowohlt Revue*. Vierteljährlich neu. Kostenlos in Ihrer Buchhandlung.

3021/6

Philip Kerr

Philip Kerr wurde 1956 in Edinburgh geboren und lebt heute in London. Er hat den Ruf, einer der ideenreichsten und intelligentesten Thrillerautoren der Gegenwart zu sein. Für seinen Roman «Das Wittgensteinprogramm» erhielt er den Deutschen Krimi-Preis 1995, für seinen High-Tech Thriller «Game over» den Deutschen Krimi-Preis 1997.
«Philip Kerr schreibt die intelligentesten Thriller seit Jahren.» *Kirkus Review*

Das Wittgensteinprogramm
Ein Thriller
Deutsch von Peter Weber-Schäfer
416 Seiten. Gebunden
(Wunderlich Verlag und als rororo thriller 43229)

Gesetze der Gier
(rororo thriller 43133)
«Die überaus authentische Geschichte entwickelt sich zu einer Chandler-Version von Turgenjew: witzig, grimmig, kenntnisreich und präzise.»
Ruth Rendell

Feuer in Berlin
(rororo thriller 43164)

Alte Freunde - neue Feinde *Ein Fall für Bernhard Gunther*
(rororo thriller 43163)

Im Sog der dunklen Mächte *Ein Fall für Bernhard Gunther*
(rororo thriller 43165)
«Ein kantiger, subversiver Held vor einem kraftvoll gestalteten geschichtlichen Hintergrund: Kerr liefert das Beste.» *Literary Review*

rororo thriller

Game over *Thriller*
Deutsch von
Peter Weber-Schäfer
496 Seiten. Gebunden
Wunderlich und als rororo 22400
Ein High-Tech-Hochhaus in Los Angeles wird zur tödlichen Falle, als der Zentralcomputer plötzlich verrückt spielt. Mit dem ersten Toten beginnt für die Yu Corporation ein Alptraum.
«Brillant und sargschwarz.»
Wiener

Esau *Thriller*
Deutsch von
Peter Weber-Schäfer
512 Seiten. Gebunden
Wunderlich und als Wunderlich Taschenbuch 26083

Der Plan *Thriller*
Deutsch von Cornelia Holfelder- von der Tann
416 Seiten. Gebunden.
Wunderlich

Rowohlt im Internet:
www.rowohlt.de